灰色积木

Grey Block

陌安凉

著

天津出版传媒集团

天津人民出版社

图书在版编目（ＣＩＰ）数据

灰色积木 / 陌安凉著. -- 天津 ： 天津人民出版社，
2016.3（2020.3重印）

　ISBN 978-7-201-10151-4-01

　Ⅰ．①灰… Ⅱ．①陌… Ⅲ．①长篇小说－中国－当代
Ⅳ．①I247.5

中国版本图书馆CIP数据核字（2016）第040076号

灰色积木

HUISE JIMU

陌安凉 著

出　　版	天津人民出版社
出 版 人	刘　庆
地　　址	天津市和平区西康路35号康岳大厦
邮政编码	300051
邮购电话	（022）23332469
网　　址	http：//www.tjrmcbs.com
电子信箱	reader@tjrmcbs.com
责任编辑	玮丽斯
特约编辑	李　黎
装帧设计	赖　婷　齐晓婷
责任校对	曾乐文
制版印刷	三河市华东印刷有限公司印刷
经　　销	新华书店
开　　本	660毫米×960毫米　1/16
印　　张	16
字　　数	188千字
版权印次	2016年3月第1版　2020年3月第2次印刷
定　　价	42.80元

目录

C O N T E N T S

第一章 记忆成黑色黎明 **001**
C H A P T E R   0 1

第二章 不断坠落的光影 023
CHAPTER 02

第三章 相互交叠的世界 047
CHAPTER 03

第四章 与你就像那初见 067
CHAPTER 04

第五章 梦中有万千星星 091
CHAPTER 05

第六章 失去后才是永恒 109
C H A P T E R   0 6

目录

C O N T E N T S

第七章 那年的风声渐远 **133**

C H A P T E R 0 7

第八章 过往无法再温存 157

CHAPTER 08

第九章 褪色的苍白风景 177

CHAPTER 09

第十章 我们的幸福剧终 199

CHAPTER 10

尾声 等待是无言的结局 227

E P I L O G U E

第一章 记忆成黑色黎明

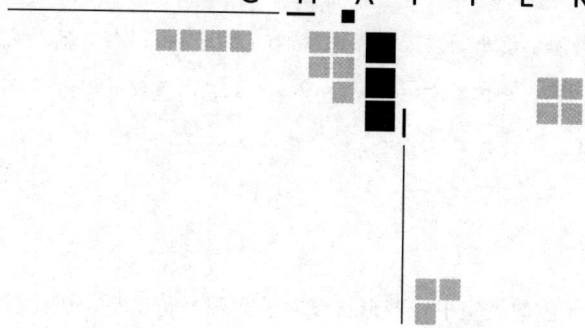

CHAPTER 01

灰色积木
Grey Block

"有时候我会想，是不是所有人的记忆都是一片黑色的虚无的影子，还是只有我一个人，在这片难以逃出的痛苦世界中徘徊、无法白拔，渐渐沉沦呢？如果真的是这个样子，那么会不会有一位天使，带着光芒闯进这片黑暗，伸出双手，将我拯救？或许，这只是一个不可实现的虚幻之梦吧。"

1.

七月的清晨，铅灰色的天空中挂着形状模糊的太阳，仿佛是一块摇摇欲坠、下一刻便会掉落的圆形石头。

我缓缓睁开眼睛，伸手摸了摸枕边的手机，轻车熟路地按亮屏幕，上面显示的时间是六点四十三分。

因为质量低下的睡眠导致精神模糊，我像僵尸一样从温暖的被子中探出头来，盯着手机屏幕上的数字愣了好久，才记起今天是周日，更记起不需要手忙脚乱地穿衣洗漱，去参加每天早晨六点三十准时开始的早操，心中不由得轻松了许多。

起床，叠好被子，整理仪容，重复着每天都会做的、枯燥无聊、机器人一样的事情，最后还是厨房桌子上的那张字条引起了我的注意——

"闻钰，妈妈去买菜，早饭已经做好，在锅中，自己热一下。"

我默默地看了半晌，又默默地将字条揉进垃圾桶，随后默默地打开还冒着热气的蒸锅，里面整整齐齐地摆放着四个干巴巴的、让人看起来就毫无食欲的包子。

不知为什么，脑袋开始嗡嗡作响，好像那几个包子是什么无法参透的危险信号一样，我突然从心脏到每个毛孔都排斥着这个世界。

我踉跄着倒退几步，颤抖地跌倒在垃圾桶前，掐着脖颈干呕起来，被泪水模糊的世界中，倪诺那张棱角分明、带着张扬笑容的面孔浮现在我面前。

他穿着平日里最常见的白大褂，嘴角的弧度让人感觉笃定，手指有节奏地敲打着面前的桌子："闻钰，在我看来，你病情恢复缓慢的原因主要还是你自己的问题，来自于你本身对所有人的拒绝。"

"主要是我自己？"我挑眉冷笑，"你不是因为已经对我的病情束手无策，才将麻烦都推到我的头上吧？"

我的语气很不耐烦，想必神色也十分难看。

可倪诺并不在意，他忍不住再次失笑："看，这就是问题的所在。并不是我没有将你引领到好的方向，而是你总是以恶意的目光去打量每一个人。我们之前不是还聊得很好？你却突然摆出一副'倪诺是坏人'的表情，哈哈……"

"我知道。"心思被戳穿，我有些苦涩地低下头去，"可是我不知道该怎么办。"

"闻钰。"他的声音忽然变得沉重起来，更多了几丝严谨，"心理障碍这种疾病并不是一时就可以控制住的，你现在处于极不稳定的状态，情绪的崩塌会发生在任何时间、任何地点，或许你走在街上，看到一根木头都会觉得阴郁，导致失控，所以，你要做的，就是控制，尽全力控制自己……"

控制自己……

倪诺的声音渐渐在耳边远去。

我失魂落魄地捂住嘴巴，如临大敌一样盯着那几个还乖乖躺在锅里的无辜的包子，随后像弹簧一样从地上跳起来，扑过去，"砰"的扣上了盖子。

眼不见心不烦！不就是控制自己吗？就算不会，转移注意力难道还不懂？

因为过度地干呕浑身发软，我转身从冰箱中拿出一瓶冰凉的矿泉水，缓步走进阁楼，干脆开始阅读英语文章。

2.

阁楼曾经是我孤独无助时最喜欢的地方。

深夜，海蓝色的天空，一轮皎白的弯月挂在半空，偶尔还能看到几颗清冷的星星，带着微寒的光芒点缀着夜空。

那时的我呼吸着冰冷的空气，蜷缩在阁楼的角落里，只有弯月可以看到我满是伤痕、愤恨、无奈与绝望的面孔。

可我还是很享受那时充满了孤单气息的宁静。

不过现在……阁楼虽然还是那个阁楼，站在这上面的人也没有改变，但阁楼下来来往往的行人却打破了我所怀念的那抹宁静气息。

我烦躁地翻着手中的英语书，强迫思维融入那一排排繁杂的单词中。

忽然，一声极其刺耳的孩童尖叫闯进我的耳朵，让我的手指骤然缩紧。

"我和你说过什么？你怎么还是跑出来？不是叫你在家里乖乖看弟弟干活的吗？不听话！打死你！打死你！"另外一个饱含不满的妇女之声也紧接着出现。

听到这样的声音，我几乎是下意识地转过头，向声音传来的方向望去——

"妈妈，我、我饿……出来买个馒头吃，弟弟已经睡了……"看上去只有七岁的小女孩，脸颊红肿，满是泪水，她恐惧地把纤瘦的手臂挡在身前。

"啪！"

完全不在意女孩的解释，妇女扬手又是狠狠一个耳光。

"我允许你吃饭了吗？就这样丢下弟弟不管？万一他出了什么意外，你拿什么赔？叫你不听话！打死你——"

妇女疯了一般抽打着无处躲闪的女孩，四周越来越多的围观人群都带着漠然的神色安静地站在一旁，偶尔有好心人低声嘟囔几句，最后也归于沉寂。

我紧紧地攥住双拳，身体剧烈地颤抖着，看着那个无法反抗，只能默默忍受的女孩，胸口仿佛燃烧着一簇熊熊火焰……

"闻钰，你敢和我顶嘴？活得不耐烦了？"记忆中那个熟悉又让我恐惧的男声在耳边忽远忽近，"今天非要你长长记性不可！"

随后是男人那张狰狞的脸，带着浓浓的酒气和危险的气息向我扑来，阁楼下那个女孩还在哭泣，我好像从她那满是泪水的面孔上看到了那个总是瑟瑟躲在阁楼中的可怜女孩……

下一刻，混乱的大脑已经不再给我思索的机会，手中的英文书也被狠狠扔到了一边，我死死地咬住嘴唇，飞也似的向阁楼下面冲去。

围观的人越来越多，可妇女丝毫没有停手的意思，那个小女孩好像已经放弃了挣扎，只是偶尔会无力地抬起胳膊，轻轻擦拭着脸颊上的伤口。

也不知道从哪里来的力气，我拨开层层人群，冲到女孩的面前，张开双臂，坚定地将她护在身后。

"住手吧！"我克制着内心高涨的怒火，"再这样下去她会受很严重的伤。"

女孩弱弱地抬起头来，露出一双葡萄一样漂亮的眼睛，疑惑又感恩地望着我。

被突如其来的陌生人打断了"表演"，妇女的不悦已经写在了脸上，她针般尖锐的目光先是上下将我打量了一遍，随后恶狠狠地质问："你算是什么东西！滚开！我教训自家的孩子还轮不到别人插手！"

"你又算是什么东西！"妇女自以为是的表情彻底将我内心的最后一点儿理智摧毁，我几乎是歇斯底里地同她争论，"你如果再敢动她一根手指，我马上打电话叫警察来处理！"

在听到"警察"两个字后，妇女紧绷的表情掠过一丝不安。

围观人群开始议论纷纷，甚至有人附和我的提议。

妇女的脸慢慢地涨红了，并不是因为羞耻和悔恨，而是那种怨恨、指责、不甘的潮红，她的胸口剧烈地起伏着，似乎也将警察抛在了脑后，直接大步上前，伸出手来想要捏住我的肩膀："多管闲事的小丫头，我今天就让你明白做人别太热情！"

她的动作不快，更是由于情绪波动剧烈露出了不少破绽，在她的双手马上就要触碰到我肩膀的时候，我厌恶地皱起眉头来，下意识地伸手将她狠狠推开。

如果倪诺此刻在场，他一定会失望地摇头，轻声说："闻钰，你为什么又没有控制自己？"

是啊，为什么呢？

我来不及思考这个问题，已经发生的事情没有挽回的余地，待我回过神的时候，妇女已经满面痛苦地倒在了地上，裤子上有着被石子刮破的洞。

下一秒，她杀猪一样的哭喊声充斥了整条巷子："大家快来看看，还有没有天理了……"

沙哑的哭喊声更让我感到无端的烦躁，那个被我护在身后的小女孩肩膀剧烈地颤抖着，然后她抹着眼泪冲出去，卑微地蹲在妇女的身前，轻声询问："妈，你没事吧？"好像刚刚将她打到遍体鳞伤的人不是眼前这个女人一样。

妇女置若罔闻，依旧坐在地上大声指责着我的恶行，可我丝毫没有将注意力放在她的身上，只是愣愣地望着还在低声安抚母亲的女孩。

好像有什么模糊了双眼，我摇摇欲坠。

脑袋里仿佛有一把锋利的刀子在胡乱地切割着，疼痛无限度地侵蚀着我的感官，在妇女连续不断的嘶吼声中，在女孩的轻声呢喃中，我双手抱着头，连连倒退几步。

药，我现在很需要药！

"现在知道害怕了？装什么身体差！"见我这副样子，妇女仍是不依不饶，"我告诉你，今天不给我个说法，你就别想离开……"

她还在说些什么，我已经听不清了，只是脑海内的嗡鸣愈发强烈，我挣扎着寻找回家的方向，却没有力气再拨开人群。

"闻钰，你在这里做什么？"

一个带着疑惑的熟悉声音像救世主一般出现。

这个声音将我拉回了现实，头部的疼痛竟也蓦然减轻了不少。

看着眼前提着沉重的菜篮，衣着简朴的中年女人，我勉强露出一丝微笑，低低地说："我没事，妈……"

3.

围观的人群渐渐散去，在这个忙碌的清晨，大家都有很多要做的事情，没人会在无关人员身上耽误太多的时间。

只有那个精神高度紧绷的妇女好像并不是这样。

"这是你家的姑娘啊？呵呵，可要好好管教一下，不要什么事情都出手，她刚刚把我推到地上了呢。我这衣服可是新买的，都破了，还受了伤，你说，该怎么办吧？"她抱着双臂，在我母亲面前趾高气扬地说道。

我眉头一皱，毫不退让："你的意思是我要道歉？那还是找警察来评判吧，毕竟你的孩子也受了很重的伤。"

说着，我拿出手机，作势要打电话给警察。

妇女的脸色唰地苍白起来，说话也变得结巴："你、你别以为找来警察……"

"闻钰，不要任性。"母亲长长地叹了口气，无奈地望向我，"快点儿向人家道歉。"

"妈，我没错。"

"马上道歉，听到了吗？"母亲的语气又加重几分。

我只觉得气不过，干脆转过头去，一言不发。

母亲再次无奈地摇了摇头，然后露出歉意的笑容来，轻声对那个满脸怒火的妇女说："实在对不起，我家的女儿身体很不好，这次的事情，就这样过去了好不好？"

"可是我的衣服……"妇女不甘心地嘟囔。

"如果你再谈到衣服，"我语气冰冷地说，"警察是一定要找的。"

"好了好了！算我倒霉！孩子不讲理，家长也不讲理！"妇女听到"警察"二字，连连摆手，扯起站在身边的女孩转身就走，"唉，今天是个什么倒霉日子……"

女孩被粗鲁地扯着，一瘸一拐地跟在妇女的身后，她忽然回过头来，对我露出一个感激的笑容。

天真无邪的面孔，如太阳般明亮灿烂的微笑，却带着这个年龄不该有的成熟与阴霾。

4.

回到家中，母亲一言不发地将买回的水果蔬菜都整理好，随后打开蒸锅的盖子，看到那四个包子动也没动地躺在里面，表情顿时一暗。

我无神地靠坐在椅子上，木讷地望着窗外。

"闻钰，早饭为什么没有吃？"声音淡淡的，带着无法掩饰的疲倦。

我顿了顿，还是认真地回答："没有胃口。"

随后又是一声悠长的叹息声，我能感受到母亲身上的气息越来越近，最后停在了我的身边。

一只干瘦、粗糙却温暖的手轻轻地覆在我的手上。

"钰钰，我知道你也很难受。"母亲的声音很轻，"可你应该明白，你的病情还处在不稳定的状态，尽量不要给别人添麻烦，更何况你还要寄住在舅舅家，要是经常出现这样的事情，难道不是给舅舅、舅妈添麻烦吗？"

"刚刚那个孩子被打得很惨我才去阻止的。"想起那个场景，我还是止不住双手颤抖，"那个女孩，很可怜。"

母亲的身体一僵，脸色也变得有些难看。

气氛顿时变得凝固起来，我们二人面面相觑，半晌无言，只能偶尔听到清风吹过，树叶沙沙响的声音。

"那毕竟是很久以前的事情了……"母亲再次响起的声音也变得恍惚起来，"你父亲经常毒打你，给你留下了很深的阴影。虽然这也是导致你生病的原因，可是，已经那么久了……"

潮水般的回忆再次涌进脑海，父亲阴毒的话语和狰狞的面孔猛兽一般向我扑来，我腾地从椅子上站起来，大口大口地喘息着。

母亲连忙闭上了嘴巴。

"妈，我很累了。"我平息着自己的呼吸，尽量让声音听不出丁点儿破绽，"我先去睡了。"

说完，我如行尸走肉一般迈开步子，向房间走去。

母亲那声几乎听不到的叹息，又一次落在了我的耳边。

清晨的雾气已经散去，天空也逐渐呈现湛蓝澄净的色彩，连阳光都变得温暖起来。

我熟练地从书桌中拿出信纸、钢笔，开始了心情烦闷时的舒缓方式之一。

钢笔摩擦纸张的声音在寂静的房间中微微有些刺耳，却让人感到格外舒心。半个小时过去，两封长长的书信完成了，上面写满了这些天发生的事情和来自我内心深处的抱怨。

再从书架的最底层找出白色的信封，将两封信整整齐齐地叠好。

最后，是收信地址……

我的笔尖在信封上面长久地停留。

还是那个……根本就不存在的地址吗？那个我随意杜撰出来的，可能是一片空白的地方？

想起这个，我的嘴角扬起了苦涩的弧度。

虽然连可以聊天谈心的朋友也没有，可这个虚假的地址，应该也算是我内心一个重要的寄托吧……

再次提起钢笔，把早已烂熟于心的地址写了上去，我屏住呼吸走出房间，将它投递到邮筒中，又飞快地走回房间，尽量不去引起母亲的注意。

随着那封信的投递，我心中好像有一块石头终于消失了。

我重新缩在被子里，戴上耳机，里面循环播放着陈奕迅低沉沙哑的声音，好像来自另一个世界的安抚——

"穿过人潮汹涌灯火阑珊，没有想过回头

一段又一段走不完的旅程，什么时候能走完

哦，我的梦代表什么

又是什么让我们不安……"

舒缓的音乐中，我在温暖的被子里蜷缩起来，回想起曾经发生的一幕又一幕，只觉得眼角湿润，还好有这个有力的声音在鼓舞着我，告诉我要加油，不要后退。

我疲惫地闭上双眼，让自己完全沉浸在音乐中。

明天，又要回到舅舅家了。

5.

又是一个充斥着噩梦的夜晚，父亲那张扭曲而阴暗的面孔带着浓浓的酒气向我扑来，拳头与巴掌雨点似的落在我的身上，那种疼痛让我从恐怖的梦境世界惊醒，满头冷汗地面对着冰冷空荡的房间。

窗外，太阳已经探出头来，几丝清冷的光芒从窗户的缝隙钻了进来。我伸出手抚住额头，最终还是决定不再继续睡下去。

房间外面已经响起了碗碟碰撞的声音，我平复了一下情绪，简单收拾了东西，飞快地走了出去，对早已起床忙碌早饭的母亲轻声说："妈，我走了。"

"这么早？"母亲的眼中闪过一丝惊讶，"先吃过早饭吧。"

"不了，我去舅舅家简单收拾下东西。"我勉强挤出一丝微笑，"再见。"

"闻钰……"母亲欲言又止的声音从身后响起，"要听舅舅、舅妈的话，多和心理医生交谈，别给他们添麻烦……"

我的身体一顿，嘴巴张了张，最后还是决定保持沉默，只是轻轻点了下头，便逃离似的走出了家门。

我还能去哪里？

为了方便治疗，所以我大多时间都会在舅舅家寄住，虽然是不同的环境，可生活似乎没有什么特殊的起色与变化。

都是监狱一样的地方罢了。

我轻手轻脚地用备用钥匙打开了舅舅家的门，尽量减少自己的存在感，不引起家里人的注意，却还是被早起的舅妈抓个正着。

"舅妈，我来了。"迫不得已地打了招呼，我不想和她视线相对，匆忙转过头去。

"来得这么早？也不看一下时间。"她不悦地皱起眉头，摇晃手中的水杯，"真是不知分寸。"

"对不起。"我并没有抬起头来，只留下简短的三个字就飞快地向客房走去，只听到身后舅妈缥缈又冰冷的声音再次响起——

"没教养。"

"吱呀"一声，我用身体死死地抵住房门，长舒一口气。

舅妈厌恶我，这是毋庸置疑的。很多道理我并不是不明白，人在屋檐下，不得不低头，况且我也不想再给母亲添些不必要的麻烦。

时间还早，桌子上破旧的闹钟发出嘀答嘀答的声音，我屏住呼吸，终于等到门外再没有了舅妈的声音，才悄悄开始整理带来的衣物，最后疲倦地倒在硬邦邦的床上。

或许是因为睡眠不足，我只觉得意识也变得恍惚起来，好像浑身上下最后一丝力气都被抽走，眼皮沉重得要命，却在即将入睡的前一秒听到了房门被推开的刺耳声音。

我像弹簧一样从床上坐起，顶着两个巨大的黑眼圈直直地望去，却看到程盼盼睡眼蒙眬地站在房门前，粉红色的俏皮睡衣，手中捧着一只巨大的泰迪熊玩偶。

她的声音还带着刚醒时的沙哑："闻钰姐，你刚来吗？我听到我妈说话了。"

看到是她，我紧绷的神经一时松懈下来。

我露出一个微笑，淡淡地说："嗯，你怎么也起得这么早？"

"我激动得没办法睡了！你猜我昨晚做梦梦到了什么？"程盼盼双眼一亮，扔掉手中的玩偶跑到了我的身边，亲密地倒在我的怀里，"真的不想醒过来……"

"是梦到卢天意？"我强打起精神。

"真无聊……为什么一猜就中啊！"程盼盼娇嗔地瞪了我一眼，嘴角的笑意却怎么也收不住，"梦里天意带我去吃甜点，我们还一起去了游乐园，他牵了我的手……"

程盼盼带着幸福的甜蜜声音在我耳边断断续续地响起，这个从小被舅舅和舅妈捧在手中长大的大小姐好像从来不知道什么是忧愁。

"盼盼。"我伸出手轻轻地抚摸着她柔软的发丝，"快要到上学的时间了，你还不去准备吗？"

"哦，对！"听到我的提醒，她瞬间从美好的梦境中醒了过来，不好意思地笑了笑，又在我的怀里蹭了蹭，"那晚上再继续和你说我们家亲爱的天意吧！我先去收拾了！"

说完，她对我露出一个灿烂的笑容，捡起地上那只玩偶，充满活力地离开了。

我久久地凝视着她的背影，直到再也看不见，才伸出颤抖的手从背包里拿出早已准备好的药和水，全部灌进喉咙，然后起身对着镜子里那个脸色苍白到没有丝毫血色的自己，拍了拍脸颊。

"闻钰。"我低声说，"你要坚强。"

6.

在我的印象中，学校，不过也是另一种意义的监狱罢了。

每天重复着相同的事情，听课、记笔记、开展各种毫无意义的活动。在这样无法逃避的环境中，我尽量减少自己的存在感。

晨读时间，同学还没有全部到齐，我垂头走进教室，刚刚拉开椅子，就听到老师的声音在我的耳边响起——

"闻钰，近期学校的歌唱比赛，我希望你可以参加，所以向学校上报了你的名字。"

我错愕地抬起头，感受到四周同学的目光密集地向我的方向聚集，好像尖锐的针。

"老师……我……不擅长唱歌。"回过神后，我连忙委婉拒绝。

"我看你每天总是戴着耳机听音乐，而且……"老师的声音也渐渐压低，"你总是形单影只一个人，没有办法融入集体也不是好事，通过这次活动接触一下同学不是好事吗？"

看着老师诚恳的双眼，无数原本涌上喉咙的话全被我咽了回去。

拒绝好意这种事情，无论如何我也没办法做到。

"我知道你在犹豫。"看到我沉默，老师乘胜追击，"只是去唱首歌，对名次没什么要求，怎么样？"

我的双手紧紧地攥着书包，脑子飞快地旋转着，企图找到一个更加合适的拒绝理由。

而且……

四周同学愈发充满探寻的目光让我变得更加不安，如果不拒绝，那么我将面对的会是更多……

"老师，我可以发表一下意见吗？"

就在我黔驴技穷，打算硬着头皮答应的时候，一个明朗的声音突然从身边响起。

突如其来的状况使得所有人的目光都向发出声音的人望去，包括我。

"老师，这次的歌唱比赛学校很是看重，名次也是十分重要的，我并不推荐闻钰。"向南风姿态轻松地靠在座位上，嘴角却带着一抹笃定的笑意，衬得那双漆黑明亮的眼睛更加神采奕奕，"而且，我和闻钰很熟，知道她唱歌真的很差劲，如果勉强同意，那么她也会觉得丢脸吧？"

我怔怔地望着这个太阳一般耀眼的少年，只觉得全身所有的血液都涌到了头顶。

他为什么要这样做？

向南风作为这所学校数一数二的优秀人物，不仅学习成绩出色，家境优渥，就连性格也好得一塌糊涂，简直就是电视剧里抢手的男主角。

更何况，我并不记得自己和他很熟，成为同学以来，我们说过的话连一只手的手指都可以数得过来。

"什么，南风和闻钰很熟？"寂静的教室里，有人发出了质疑的声音。

"对啊，闻钰明明很不好接近的，我也没看到他们有什么接触。"

"是开玩笑的吧？哈哈……"

杂乱的声音嗡嗡地在耳边响起，惊怔之下，我几乎从座位上跳了起来，下意识地想要反驳，却看到向南风漆黑的双眸似乎是有意无意地落在了我的脸上，随后轻轻皱起了眉头。

我张开的嘴巴不知为什么再次紧紧闭上。

饶是我再迟钝，也明白了他的意思：如果我笨拙地在大家面前解释这个为我开脱的谎言，那么结局会再糟糕不过。

"闻钰唱歌真的很差劲？"似乎认为向南风说得很有道理，老师也有些动摇。

"当然，所以老师还是选别人吧。"他转过脸去，立刻变回平日里那副平易近人的模样，笑容中还多了一丝促狭，"老师你看我怎么样？"

他的语调轻松，简简单单就将刚刚凝固的气氛消除得一干二净。

全班的同学都爆发出欢快的笑声来，就连老师也无奈地摇了摇头："那算了，闻钰，我不勉强你了。"

"好、好的……"还没从之前的状况中彻底清醒过来，我下意识木讷地回答。

恍惚之中，我察觉到向南风的目光一直停留在我的身上，带着梦境般的不真实感，握紧拳头的双手力度越来越大，指甲几乎掐进了肉中，这种细微的疼痛感让我保持着最后的清醒，面无表情地朝他的方向望去。

可最后我却只捕捉到了他一个意味不明的微笑。

为什么？到底为什么？

整个上午我都因为这件几乎没人会在意的小事变得心神不安，无心听课，黑色的阴影挥散不去，笼罩在我的周身，脑海中无数个问号徘徊着，像是马上就要爆炸。

直到放学的铃声响起，这种紧张的情绪还没有得到丝毫缓解。

我用余光扫视周围的同学，发现他们已经三五成群，带着欢声笑语离开了教室。我长叹一口气，也拎起书包，起身准备离开。

可刚刚站起身，却听到身后那个带着笑意的声音响起："闻钰同学，我帮了你为什么不说谢谢呢？"

突如其来的声音让我受到了不小的惊吓，我连连后退几步，被撞到的椅子发出巨大的声音。

我惊疑不定地抬起头来，看到抱着双臂、眉头微挑的向南风，他坐在身后的桌子上，好像等了很久一样。

我很快平复了狂乱的心跳，皱起眉头："谢谢你。"

"你这个……不像是感谢的表情啊？"向南风轻快地跳下桌子，一步步向我走近，嘴角的那抹笑容愈发张扬，"好像我是你的仇人一样。"

因为他的靠近，我警戒地退后几步，声音已经染上了不悦："我已经道谢了，你还有事情吗？"

向南风的脚步顿了顿。

他的身形修长又挺拔，却没有一丝让人感到拘束的味道，连声音都十分柔和："我和你开个玩笑，不用那么害怕。话说回来……闻钰，你为什么总是一个人？一会儿有事情吗？没有的话，我带你去个好玩的地方，怎么样？"

我猛地抬起头来，直直地盯着他。

那一瞬间，心中好像有一个声音在提醒我今天会发生这些事情的原因……

向南风，他是在同情我吗？

想到这里，厌恶和疲倦的情绪涌上心头，我发出一声冷笑："如果你觉得我可怜，那就请离我远一点儿。"

或许是没有想到会得到这样的回答，向南风的笑容突然僵在了脸上，可仅仅一秒钟后，又恢复了正常。

他无奈地望着我，轻声说："你想多了。"

"那对不起，我没有时间。"我转过身去，声音冷淡，再也不想看他一眼，以最快的速度离开了教室。

身后传来向南风悠长的叹息，还有渐渐变得模糊的声音："真是个倔强的姑娘啊……"

7.

这个世界上有很多事情都是我没办法预料的，像是今天早晨老师突如其来的推荐、向南风莫名的友好，还有……我匆忙离开教室时将钱包落下了。

教学楼前，我慌乱地翻找着书包，将书本和文具都弄得乱七八糟，却没有看到钱包的影子。

一时间，心脏缓缓沉到了底，我脸色苍白地向教室的方向望去，开始犹豫不定——

回去吗？如果再次碰到了向南风，要怎样应对？

不回去吗？可舅妈嘱咐过我要买些水果。

空荡荡的操场上，我进行了一番激烈的思想斗争，想起舅妈冷漠厌恶的眼神，最终还是决定回到教室，心里带着向南风或许已经离开的希望。

为了让这件扰人心神的事情尽快结束，我几乎拿出了百米冲刺的速度跑回教室，一边注意着周围的情形，一边溜到自己的座位旁，抽出安静摆放在课桌里的钱包，随后一刻也不敢停留地向门外奔去。

可由于有些紧张，我凌乱的步伐变得有些摇晃，那道不高不低的门槛成了巨大的阻碍，我眼睁睁地看着自己脚尖顶在了上面，我发出一声低低的惊叫，踉跄着向前摔了下去。

我惊恐地闭上眼睛，却没有感受到想象中的疼痛，反而被一双温暖而有力的手扶住，耳边响起书本散落地面的声音。

"喂，我说……"那个我并不想听到的声音再次响起，"你就这样怕我吗？"

倒在向南风怀中的我不安地瑟缩了一下，然后立刻挺起身子，利落地将他推到一边。

还是没有躲过去……

我黯然地垂下眼帘，虽然心中有千万个不情愿，却还是不得不张口说道："谢谢……"

他微怔，随后轻笑道："两次感谢，我却听不到丁点儿诚意，你到底有没有真的想谢我啊？"

这种毫无意义的对话让我感到无端的烦躁和窘迫，可一时想不到该用什么方法来结束。我尴尬地抿紧双唇，目光游离，却被地上散落的书本吸引住。

那是向南风刚刚扶住我时，不小心掉落的吧……

简简单单的几本教科书，乍一看并没有什么特别之处，只是从英语课本中掉出的纯白色信封和上面熟悉的邮票与字迹，让我原本就急促的心跳更加脱离了原有的速度。

那分明是我写的信！我不会认错！每次心情失落的时候，我都会在信纸上写满最晦涩的心事，再邮寄到一个根本就不可能存在的地址……

它为什么会夹在向南风的课本中？

我无心再去理会他的调侃，此刻也因为强烈的不安双手轻轻地战栗起来。

向南风很快发现了我的异样，随着我的目光望去，也看到了那儿封信。

一时间，空气都仿佛凝固了，原本就安静的教室此刻更像是一座令人窒息的坟墓。

"向南风。"我冰冷的声音打破了死一般的寂静，"这些信，你都是从哪里得来的？"

这些明明都是我埋藏在内心深处最见不得光的秘密，我小心翼翼地呵护着它们，同时也无助地依靠着它们，也是这些看似不起眼的信件，承载了我无数个难熬日夜的苦楚。

可是……它们就这么突然地暴露在光天化日之下，就像是拼命守护着的不堪被挖掘了出来，赤裸裸地昭告全世界，鲜血与病痛被阳光烤灼着，随风扩散……

不再畏惧，我审视的目光落在向南风的脸上。

而他像是没有预料到我会有这样的反应，明亮的双眼中只掠过一瞬的不自然，就好像是我的错觉一样。

"啊，我曾经兼职当过邮递员，收到了这些。"他云淡风轻地解释着，"可是很奇怪，这些信件的地址根本就不存在啊，我也是有点儿好奇，就一直留在自己这里。"

说着，他弯腰整理课本，也飞快地将信件重新塞了回去。

这个小小的动作彻底激怒了我，我就像一只暴怒的狮子扑到他的面前想去抢夺，却扑了个空。

"还给我！那是我的！"我努力控制着呼吸。

"你的？"他扬了扬眉，如同恶作剧的孩子，"我偏不给你！而且世界上同名同姓的人很多，你怎么证明这就是你的呢？"

我伸出的手僵在半空中，愤怒地盯着这个满面笑容的少年。

他简直在无理取闹！

怎么证明？难道要我说出信中那些难以启齿的内容吗？

"你怎么可以……"

"要我还给你也不是不可能。"似乎料到我会说什么，向南风摇晃着英语课本打断了我的话，"这样吧，闻钰，答应和我做朋友，一起出去吃饭看电影，我就还给你，好不好？"

他的语调轻快，却无比认真，可听到"朋友"两个字的时候，好像有什么怪异的情绪填满了我的心脏。

终于，我坚持停留在半空中的手臂缓缓地垂落。

向南风柔和温暖的笑容一直挂在脸上，眼中的光芒愈发明亮，他在耐心等待我的答案。

可是……

"算了，那些信我不要了。"我落寞地捡起掉在地上的书包，侧过身子避开向南风，"朋友？我根本不需要朋友。"

我头也不回地离开，留下一脸复杂莫测表情的向南风。

第二章 不断坠落的光影

CHAPTER 02

"生命是一条没有尽头、充满了未知的河流，我们都是河流中无力挣扎渐渐搁浅的游鱼，无力地躺在沙滩上望着潺潺的河水渐渐干涸，感受生命的流逝，企盼会有一场突如其来的救赎，却最终在恐惧中沉睡。"

1.

明亮的落地窗前，倪诺修长的身影靠在旁边一个落地式复古留声机旁，手指看似随意地拨弄着上面的按钮，眉头却有些苦恼地微蹙。

我有些疲倦地闭上双眼，浑身的每一处肌肉都处于放松状态，安然地躺在房间角落松软的沙发上，鼻端是若有若无的花草清香。

不知过了多久，仍然站在留声机旁的倪诺无奈地叹了口气："看来今天这个东西我是弄不好了，给你准备的音乐也放不出了，你看，我们换个别的方式好不好？"

听着他平静的声音，之前因为向南风而杂乱的心情也逐渐沉淀，我抿起嘴角，笑道："怎么，还有你不会的东西？"

倪诺微微一笑："我只是心理医生，不是万能的天才。好了，闻钰，和我说一说今天有没有什么好玩的事情。"

好玩的事情？

我的笑容有些讪讪的，认真思索今天发生的一切到底算不算得上"好玩"。

"是有什么烦恼吧？"倪诺的声音很轻，"从你的神色就可以看出来。既然不想说，我也不强制你。今天留声机坏掉了，我们别在室内待着，出去走走也好。"他唰地将淡紫色的窗帘全部拉开，"看，阳光正好。"

我眯起双眼，感受着金色的阳光带着温暖打在身上、脸上、冰凉的手上。

转头望去，倪诺逆光而立，他嘴角的笑容也被这种色彩晃得更加耀眼，让人几乎无法直视。

一股无法拒绝的力量将我整个人包裹，我懒懒地打了个哈欠，露出平日里在学校从没有过的笑容："好。"

倪诺所在的心理治疗所也是他平日居住的地方，是一幢看上去完全不起眼的安静别墅，室外的花园中都是他亲手种的各类花草，颜色的搭配与形状的安排都经过了精心设计，只看上一眼就会感到身心舒畅。

我们二人静静地坐在院子里的吊椅上，他耐心地开导我，言词柔和，偶尔还会说几个让人捧腹大笑的段子。

"那个……"思索了很久，我最终还是决定将今天发生的事情全部告诉他，"我认识了一个奇怪的人。"

"哦？"倪诺立刻表现出了很感兴趣的样子，"连我们闻钰都觉得奇怪，我还真的想了解一下。"

我好笑地瞥了他一眼，继续开口："那是个很优秀的男孩子，从各方面来说都是。我们从未有过接触，可今天他却帮我解围，还说要和我做朋友……"

"所以你有些动摇了对不对？"倪诺轻轻荡起吊椅，"在动摇的同时也惶恐和疑惑，怀疑他是不是在欺骗自己，或者是同情自己？"

同情……难道不是吗？

我也抬起双腿，随着吊椅荡起的弧度上上下下摆动。

毕竟我和向南风是处在两个完全不同世界的人，他就像一簇明亮滚烫的火焰，这样突然闯进了我的生活，让我措手不及，那样的温度，会将我灼伤。

"他那样优秀的人接近我，不是同情又会是什么？"我低低地说，"我想不明白。"

倪诺久久地凝视着我，并没有说话，好像是想留给我一点儿可以自己去消化的空间。

半晌，他才抬起手来，修长的手指温和地揉了揉我的头发："闻钰，你换一个角度去想呢？"

"嗯？"我一时不理解他话语中的含义。

"我的意思是，如果他接近你并不是怜悯，就只是单纯地想要和你做朋友，为什么不这样想？"

"这是根本不可能的事情啊！"我脱口而出，"我们不一样……"

"不要妄下定论，没有谁是不同的，有时候这个世界很简单，或许他只是认为你是个好姑娘，想要接触你，融入你的生活。"倪诺的话语不容反驳，"因为同情去接近某个人？呵呵，这是件麻烦的事情，你说的那个少年如此优秀，他不会做的。"

我定定地望着他，之前发生的事情一幕幕地重播。

是我想多了吗？

向南风清爽又真诚的面孔再次出现在眼前，我呆滞地望着天空中他那张虚幻的面孔，想从那双眼睛中看到一个答案——

真的不是同情吗？

2.

一夜无梦。

耳边一直回响着倪诺淡淡的声音：或许他只是认为你是个好姑娘，想要接触你，融入你的生活。

窗外的天边已经泛出鱼肚白，我迷迷糊糊地抬起头来，想要起身找些水喝，胳膊却突然碰到了一个柔软的东西。

由于休息得太差，思绪有些混乱，我错愕地垂下头，看到了蜷缩在我身边、手中抱着玩偶睡得香甜的程盼盼。

对了，昨晚凌晨的时候，她又来到了我的房间，向我不停地诉说对卢天意的心思，还有那些粉红色的少女幻想。

看着她白皙的面孔，没有一丝阴云笼罩的、睡梦中的微笑，我平静的心忽而传来一阵无法忍受的绞痛，我死死地咬住嘴唇，不让自己发出任何声音来。

没有烦恼的世界，会是什么样子的？

我动作轻慢地起床，生怕吵醒了还在梦乡中的程盼盼，轻手轻脚地将自己的衣物和书包全部捧在手中，踮起脚尖，缓缓地向门外走去。

身后传来了程盼盼低低的呓语："卢天意……"

我无奈地弯了弯嘴角，将房门轻轻关上，悄然离开。

在这个家中，我尽量避免与舅舅、舅妈进行接触，生怕言语和行动方面的不和触犯了他们最后的底线，就连去往学校的时间都定在了最早的时刻，久而久之也养成了不吃早餐的习惯。

清晨的空气比任何时候都要新鲜，我大口地呼吸着，将因为休息不佳的萎靡状态清扫一空，可这样愉悦的心情还是在我走入教室的那一刻戛然而止，变成了进退两难的犹豫。

向南风今天会是什么样子？经历过昨天的事情，他是否会真正意识到该离我这种人远一些，还是继续坚持自己的想法呢？

虽然倪诺也曾苦口婆心地劝过我，让我以善意的目光去看待这个世界，可心结并不是寥寥数语便能解开的，内心深处的那个想法疯狂地生根发芽——任何接近我的人都对我怀有怜悯之心。

想到这里，心情也变得苦涩起来，我小心地探出头去，观察教室里的人，却并没有发现向南风，只有几位刻苦的同学安静地坐在椅子上预习功课。

也不知心中是侥幸还是失落，我轻轻地走向座位，却被课桌上一个十分突兀的东西吸引了注意力。

那是一张陈奕迅的唱片。

它就那样平静地摆放在我的桌面上，好像在向整个世界昭告，它就是我的东西一样。

可事实并非如此。

"哦，这是向南风放在你桌上的。"旁边的一位同学见我对着唱片发呆，不由得好心提醒，"我是第一个来到教室的，他随后到的，把唱片放在你桌子上后就离开了。"

我微微一怔："那他说了什么吗？"

"没有。"同学飞快地回忆了一下，给我了两个字的简短回答，又再次转过头去。

我呆滞地伸出手抚摸着那张平滑的唱片，心中一时五味陈杂，最终还是一把将它拿起，重新塞回了向南风的桌子里。

不可以，闻钰……

重新回到座位上，我竭力不让自己去在意那几拍漏掉的心跳。

向南风这种天生就应该活在万众瞩目之下的少年，和我的的确确不是一个世界的人。

而且，就算我真的接纳他，同他平和相处，所有的状况就会改变吗？

答案是否定的。

我并不相信，我的世界里，仅仅靠着一个突如其来的少年，就会变得光明起来。

3.

"闻钰，送你的唱片为什么又还给了我？"

宁静的校园小道上，不知从哪里打听到我踪迹的向南风将正在安静享受午餐的我拦在了一棵翠绿的柳树下。

他黑色的双眼中写满了不解与失落，虽然被尽力压制，却还是被我看了个清楚。

我回避他的目光，冷淡地将饭盒放到身边："因为不是我的东西。"

"我送给你，就是你的了啊！"向南风嘴角扬起一个弧度，"而且，我知道你很喜欢陈奕迅！"

听到这样的话，我猛地抬起头来，视线也变得锐利起来。

难道他话语中的另一个含义是——我知道你所有的秘密吗？

因为那些信件？

"别这样看我，是数学课上你在写陈奕迅的歌词，我不小心看到了。"似乎被我的眼神吓到，向南风委屈地摊开手，笑容却变得愈发灿烂起来，"其实他的歌我也很喜欢，我们有时间可以一起去看他的演唱会……"

"向南风。"我干脆地打断了他的话，"你忘记我昨天说的话了吗？"

他好像很认真地思考了一下，却又立刻露出了孩子般无辜的神情，把声音拖得很长："我不记得了——"

不敢去面对他那样直白的笑容，我索性起身，向前几步拉开了我们二人的距离："那我再说一次吧，我没有办法和你做朋友，请你离我远一点儿。"

说完，我一刻也不想停留，收拾好所有东西，起身向更静谧的地方走去。

突然，冰凉的手腕被向南风温暖的手指握住，他的力度不大不小，可我却因为太过震惊呆立在那里，忘记了挣脱。

浑身的血液都冲向了大脑，向南风掺杂着无奈和笑意的面孔在我眼前无限放大。

他说："闻钰，你为什么要拒绝别人的接近呢？"

一句简简单单的话，却像刀子一样刺进了我胸口最痛的那个地方。

我无法解释，不能解释，也没有勇气去解释……

如果我痛哭流涕地将那些隐藏在自己身上的秘密和盘托出，那么换来的也只有同情罢了。

这种东西，我并不需要。

沉重的思绪将我的理智全部拉回，向南风的手指愈发滚烫，我咬了咬牙，并没有费太大的力气就将他甩开了。

我深吸一口气，凌乱的思绪重新回到正常轨道："向南风，如果你是为我好，就请离我远一些，像你这样浑身都带着光芒的人，不是我可以接近的。"说着，我露出一丝苦笑，"我惹不起。"

向南风默默地看着我，像是在品味我话中的含义。

过了很久，他自觉地后退两步，脸上又重新露出那抹自信的笑容："我的行动并不是别人的几句话就可以左右的……闻钰，有的时候不要小瞧别人啊。"

我有些错愕："我的意思是……"

"今天先到这里。"他步伐平稳地继续后退，声音却依然清晰，"有空一起听陈奕迅的歌。"

说完，他挥了挥手，根本没有想要我回答的意思，很快消失在了我的视线之中。

手中饭盒里的饭早已变得冰冷，不能食用，我像木头一样站在原地，望着向南风消失的方向失神了很久。

他……到底是怎样的人？

带着这个没有答案的问题，我黯然回到了教室，余光看到向南风坐在自己的座位上和朋友谈笑风生，甚至没有朝我的方向再望过来一眼。

他那样自然的态度反而让我微微尴尬起来。

倪诺曾经说过，钻牛角尖，把事情想得太过缜密是我最大的缺点，分明是目的简单的人与事，在被我强加上个人想法后，总会变得复杂起来。

相比而言，向南风的坦然正是我可望而不可即的。

"好了，同学们，大家安静，回到座位。"我还在反复琢磨问题，老师的出现打断了我的思绪，她面带微笑地扫视了班级同学一周，随后伸出手做了一个迎接的手势，"今天有一位新的女同学转来，大家要和她好好相处，下面我们一起欢迎姜幸。"

"哗啦哗啦——"

没什么诚意的掌声稀稀拉拉地响了起来。

一个身材纤细高挑的女孩面容冷傲地走进了教室，漆黑的长发柔顺地垂至腰间，无关小巧精致，却多了几分让人不易接近的冷漠。

穿在同学们身上肥大宽松的校服，穿在她的身上却有一种慵懒的味道。

"我是姜幸。"她下巴微微一扬，声音也怳若寒冰。

在她的自我介绍中，整个班级竟然陷入了一种难以言说的寂静之中。

"她……怎么这个样子啊？"终于有人发出了嘀咕的声音。

"看起来好难接近啊，我不喜欢。"

"我也不喜欢，长得漂亮有什么用？一看就很骄傲。"

"装什么装……"

议论的声音此起彼伏，甚至越来越大，就连老师的神色也变得难看起来。姜幸却像是什么都没有听到一样，依旧漠然地扬着下巴，安安静静地走到了座位上。

拖动桌子和椅子发出了巨大的响动，而姜幸四周的同学似乎也被她强大的气场所感染，都神色紧张地挺直了身子，可她却突然停在了那里，微凉的目光聚焦在我的身边。

我心中暗暗吃惊，却依旧保持着镇定。

在众人的目光下，姜幸漂亮的双眸中闪过一丝疑惑，随后她弯下腰去，拾起一支黑色的圆珠笔，捏在手中，轻轻一转，淡淡地发问："是谁的？"

看着那支熟悉的圆珠笔，我的心猛地一紧，张开嘴巴，却又闭上了。

大概是同样受到了她气势的影响，我连话都说不出来。

她却注意到了我神色的细微变化，并没有多说什么，只是将圆珠笔放在了我的桌子上，然后像什么也没有发生过一样坐回了座位上。

明明是一件简单的事情，整个班级却发出一片唏嘘之声。

"真能装！"有女生故意加大声音说。

她却置若罔闻，默默地收拾着背包里的东西，又将下节课要用的课本与笔记摆放整齐，拿出一本单词书自顾自地看了起来。

4.

在这个世界上，与众不同的人多多少少会受到所在群体的排挤。

某种意义上，姜幸算是其中的一个。

下课时间，无论男生还是女生都成群结队地进行自己喜欢的活动，很少可以见到一个人的身影，相信没有人可以忍受那种被冷落的孤独。

可我却眼睁睁地看到坐在身边的姜幸神态自若地走出教室，随后我便很快意识到，不只是她，我自己不也一直都是一个人吗？

想到这里，我不禁露出一个自嘲的笑容，随后也缓慢起身，向小卖店的方向走去，打算买一瓶最喜欢喝的绿茶来安抚一下疲惫的身心。

在整个学校里，最拥挤的地方除了厕所与操场，剩下的就是每个课间都被挤到水泄不通的小卖店。我小心地捏着手中的钞票，在长龙一般的队伍后面等待了许久，眼看就要迈向成功，却突然被一股极大的力气狠狠推到了一边。

我低低地发出一声尖叫，费了好大力气才没有跌倒。

"都让开！让我们先来！"几个捧着篮球的男生满身大汗地挤进人群，嗓门出奇的大。

"什么啊，为什么插队？"后面的几名同学声音不大地抱怨。

"别废话！我们就先买怎么样？你有意见？"几个五大三粗的男生立刻挥舞起了手中的篮球，大有"占山为王"的意思。

抱怨的声音立刻消失了，再没有人敢说些什么。

我冷冷地站稳身子，转过头去不想看他们，直接走回自己刚刚的位置，却又被一只手推了推。

"别碰我！"我厌恶地皱起眉头，"请去排队。"

"你是聋子吗？没听到我们说什么？站到后面去！"为首的一名男生眯起眼睛向我靠近，"别逼我对女生动手！"

我冷笑一声，刚要开口，却听见身后传来一个响亮却让人感到不寒而栗的声音："是你别逼我们女生对你动手吧？"

这声音出奇地具有说服力，原本还在排队的其他同学听了后竟然都不自觉地让开了一条道路。

道路的尽头，长发束成高高马尾的姜幸正不悦地抿起双唇，款款走来。

眨眼的时间，她已经走到了我的身边，不顾我的吃惊，纤细的手掌稳稳地扶住了我的胳膊。

似乎是没有想到出头的人会是一个漂亮女生，插队的男生发出不屑的耻笑："你一个女生多管什么闲事？看你瘦得简直像根筷子！"说着，几个人一起哈哈大笑。

"是你们做的事情太闲了。"姜幸语气不善地道，"几个大男生竟然插队，真是厚脸皮，不觉得羞耻还大声张扬？"她嘲笑的目光毫不顾忌地落在那几个人身上，"滚回队伍后面去！"

"喂，你是不是活得不耐烦了？"

"别在这里耽误我的时间，这里堵了这么久，老师会很快过来看的。"姜幸嫌恶地移开目光，好像看他们一眼都是侮辱。

听到"老师"两个字后，几名男生的脸色齐齐变了，他们似乎有些忌惮，却又觉得大庭广众之下被女孩子教训太过丢脸，最后却也只能不甘心地嘟囔了几声，连饮料也不买，灰溜溜地离开了。

拥挤的小卖店终于恢复了正常，只是所有人或赞叹或疑惑的目光全部转移到了姜幸的身上。

"你不是还要买东西吗？快上课了。"见我还在发愣，她扬起嘴角，轻轻推了我一下。

那个笑容很淡，淡到甚至让旁人以为只是一个美丽的错觉。

可我却清楚地发现，只是这样一个平凡的笑容，出现在姜幸的脸上，却仿佛将她整张秀丽的面孔全部点燃，是那样的耀眼。

我匆忙买了两瓶饮料，犹豫再三，最后还是将一瓶递到了姜幸的面前。

"刚才……谢谢你了。"我鼓起勇气道谢。

她秀眉微挑，随后落落大方地接下了饮料，豪迈地拧开瓶盖，将大半瓶饮料灌进了喉咙里。

"你也喜欢绿茶吗？"她语气轻松地说，晃了晃手中的饮料。

这样的语气，就像两个要好的朋友再普通不过的谈心一样……

心中说不清是激动还是胆怯，我勉强将那一分不安压下去，点了点头："算是吧。"

"我也很喜欢。"她又笑了笑，"哦，对了，下次遇到这种人不要和他们计较，争吵对你不利，搬出老师就好了。"

"好、好的……"我还没有从她的笑容中回过神来，只能木讷地应着。

倒是姜幸被我这种不自然的表情逗乐，柔软的手轻轻拍了拍我的肩膀。

"还在想什么？"她的笑容更大，和那个刚刚走进班级的冷漠少女截然不同，"上课时间就要到了，我们快走吧。"

"啊？好。"我一愣，随即恍然大悟，跟着她往教室方向走去。

5.

在接下来的日子里，我逐渐发现了姜幸的与众不同。

这个外表看似对一切都漠不关心的女孩其实有着一颗热情善良的心，不知多少次我看到她一个人捧着火腿去喂校园里的流浪猫狗，在面对这些无害的可爱动物时，她总是笑得柔和又天真，仿佛来自遥远天国的天使。

因为在小卖店她曾对我出手相救的那一幕并没有被太多同学看到，所以在大家心目中，她还是那个高傲不易接近的转学生，而我，却总是在留意可以和她交谈的机会。

倪诺说：或许是你们两个人在互相吸引吧？一个是不想搅入平淡乏味的人群，一个是不屑。

刚开始的时候，姜幸偶尔会拿着上节课的作业本靠近我的身边，认真地发问："这是之前的作业吗？"

面对她的到来，不可否认，我的内心是欣喜的，却也保持着最平常的心态为她讲解。

直到有一天，我们二人手中握着喜欢的绿茶从小卖店走回班级时，碰到了蹲守在教学楼前的向南风。

看到我和姜幸并肩而站，他漆黑的双眼中先是充满了疑惑，随后像是想明白了什么事情一样，快步向我走来。

"嗨，闻钰。"向南风的语气再自然不过，"放学后有时间吧？"

姜幸握着绿茶的手先是一僵，然后身体向后倾了倾，看得出来她是不想打扰的意思。

我却不安地抿起双唇，也连连后退，来到了姜幸的身边，伸出手捏住她的一片衣角，姜幸的眼睛一亮。

"没有时间。"我的声音很低，"一点儿也没有。"

"那我送你回家？"向南风不依不饶，那执拗的模样很像一个得不到糖果的孩子。

我垂下头去，已经想不出拒绝的话语。

我们之间的气氛太过异常，偏偏向南风与姜幸站在那里又是万众瞩目，我慌乱地四处扫视，生怕有人过于注意这里。

他为什么要一直坚持？如果说真是对我的怜悯，那未免也太过固执。

"对不起了，这位同学，"终于，姜幸的声音救赎一般再次响起，她伸出手来，握紧我因为紧张而变得冰凉的手掌，"闻钰已经和我约好了。"

"今天吗？那明天也可以。"向南风目光微动。

"以后的每一天。"姜幸淡淡一笑。

"好吧……"向南风知难而退，脸上却有了一点儿尴尬的神色，他大方地向我们挥了挥手，"那改日见。"

他自己先哈哈大笑几声，修长的身影渐渐走远了，我却一直不敢抬起头来。

姜幸一直靠山般站在我的身边，等待我情绪平和，呼吸也变得正常后，她才轻声发问："你很讨厌他？"

我惶然地摇了摇头。

"那……你害怕他吗？"她换了一种委婉的说法。

短暂思索后，我再次摇头。

没有等她第三次发问，我沙哑的声音低低地响起："我……我也说不清，只是会觉得无奈，也不知道该怎么办，毕竟我们太不一样了。"

这种不明所以的说法就连聪明的姜幸也没有办法听懂，好在她从来不是喜欢探听秘密的人。

她只是拍了拍我的手掌，安抚地开口："不要怕，有我在。"

我还处在刚刚的惶恐之中，只能喃喃地重复："有你在？"

"没错。"姜幸的手落在了我的头发上，轻轻地揉了揉，"怎么，你不相信我吗？"

这句话虽然认真，但分明带着调侃的意味。

我抬起头来，看到她那张漂亮的脸上竟然露出了男孩子一样的神色，不禁笑出声来。

姜幸是个说到做到的好女孩。

她形影不离地和我一起散步、聊天、吃饭，几次前来"打扰"的向南风都被她三言两句击退，让世界恢复原有的寂静。

时间久了，这似乎已经成了我每天要经历的必修课，已经从姜幸手中战败无数次的向南风总可以在第二天若无其事地出现在我的面前，换一种方式，像知心好友一样发问："一起看电影吗？"

"向南风真是个奇怪的人。"午休时，姜幸和我坐在花园小道的椅子上，有一搭没一搭地闲聊。

虽然已经习惯了他每日的"骚扰"，可听到向南风这个名字的时候，我还是没有办法忽略心中那抹挥之不去的焦躁。

"对了，闻钰，你有什么喜欢的活动吗？"姜幸一边说，一边将饭盒里的鸡蛋挑出来给我，"下午学校有篮球赛，我们要不要去看？"

"我对体育没什么兴趣。"我不好意思地笑了笑，"不过看热闹还是可以的。"

"哦——"姜幸若有所思地拉长了声音，"那就去吧，我一直对篮球很感兴趣。"

"你会打篮球吗？"我有些吃惊。

这个完美的女孩竟然对男孩子的运动也有接触？

听到我的疑问，她白净的脸上扬起自信的笑容："这个……我有把握说很少有男生可以打败我！"

见我愣在那里，连话也说不出来，姜幸装作生气地推了推我的肩膀："怎么，觉得我在吹牛？"

"不是不是！"我连忙解释，"只是觉得你好厉害……"

　　"哈！油嘴滑舌！"她没有绷住严肃的表情，大声笑了起来，"这样，下午的比赛，听我给你讲解吧！"

　　看着她向日葵一般明媚的笑脸，那个原本我并不感兴趣的篮球比赛好像也变得有吸引力起来。

　　或许……我们现在算是朋友了？

　　我木然地咀嚼着姜幸挑给我的鸡蛋，前些日子我们二人相处的一幕幕出现在眼前，想到她温暖的手，还有总是坚持站在我身边的倔强身影，心口不由得微微泛暖，快乐的情绪牵扯着我的嘴角不停上扬。

　　不，并没有或许。

　　我坚定地给自己刚刚的疑问总结了答案。

　　我和姜幸，现在已经是朋友了。

　　明明从没有过什么希望，以为身边朋友的这个位置会长久地空缺下去，可以保护我、陪我散心聊天的人，永远也不会出现，一个人才是最好的归宿。可姜幸就像是一团色彩鲜艳的火焰，带着可以包容我、将我融化的温度，闯进了我的生活之中。

　　看着她还在兴奋地谈论下午篮球比赛的模样，我不禁有些焦急，更有些期待——

　　有时间的话，将她介绍给倪诺认识吧？

　　一个是我生命中最重要的人，一个是或许可以陪伴我走下去的挚友。

　　这个想法冒出脑海让我不禁低笑出声，打断了姜幸对篮球的畅想，她抬手轻轻打在我的额头上："傻丫头，笑什么呢？没听到我刚才说什么吗？"

　　"没什么！"我迅速板起脸来，连连摇头，"你说什么？"

"我说你吃完了吗？我们先去篮球场找个合适的位置，否则会抢不到地方的。"说着，她已经迫不及待地起身，向那个方向张望了。

此刻她的身上已经完全找不到刚转入班级时那个冷漠少女的影子了。

我想，亲密是可以击碎一切冷漠外壳的利器吧？

6.

篮球赛开场的前二十分钟，我和姜幸买来了最喜欢的绿茶和零食，挤到了最靠前却又能遮挡毒辣阳光的地方。

在比赛的前几天学校就已经放出消息来，所以有不少热爱篮球的同学竟然比我们来得还要早一些。各个班级的啦啦队也训练有素地站在球场中央活跃气氛，七彩的裙裾伴随着热烈的欢呼声一波高过一波，紧张的赛事一触即发，就连我这个对篮球没有任何了解的局外人都开始有些期待。

"哎？那不是向南风吗？"我身边刚刚打开一袋薯片的姜幸突然双眼一亮，指向不远处。

我握着绿茶的手一颤，随之也向那个方向望去。

只见以向南风为首的一支队伍穿着黑黄相交的篮球队服大步向赛场中央走去，面对观众们热情的呼喊，他棱角分明的面孔上竟然露出了一个十分得意的笑容，不停地挥手向大家表示自己一定会取得胜利。

"向南风！向南风！"

赛场上的形势开始大幅度逆转，许多原本还安静坐在观众席上的女生满面赤红地站起来，双手卷成喇叭状，大声尖叫着。

"看不出这个家伙人气还挺高……"姜幸摸着下巴，一副看好戏的模样，

"他很擅长打篮球吗？"

我怔了怔："好像是的，平日里偶尔会看到他带着篮球走动。"

对于我这个模棱两可的回答，姜幸并没有什么特别的反应，只是目光带着不明的意味一直紧随向南风，发出了一个"哦"字。

没等我反应过来这个字所表达的含义，就听到赛场上响起一声尖锐的哨声，比赛正式开始了！

随着篮球在赛场上来来回回地运动，观众们的欢呼声也时高时低，我却被那些动作晃得头昏眼花，耳边姜幸还好心地给我解释着赛事，不时发表一下自己的意见。

"哦！这个球投得漂亮！"

"傻瓜！怎么还会被盖帽？应该快一点儿啊！"

"传球！快传！"

我默默地望着两个队伍的少年挥洒着汗水抢夺那个滚来滚去的圆球，虽然对姜幸的解释憋了一肚子的问号，可最终还是什么也没有问出口，瞪大眼睛装作认真观摩的样子。

赛场上人影乱闪，各种颜色的队服相互交错，我有些愕然地发现，一直以来，我的注意力只在一个人的身上——

他就是异常活跃，频频为队伍得分，各方面都十分出色的向南风。

果然，无论在哪里他都是备受瞩目的发光体，像我这样的人，靠近他，只会被他身上的光芒灼伤罢了。

"比赛结束！三班胜利！"

裁判一声令下，打断了我的沉思。

三班，是我们所在的班级，也是向南风所属的队伍……

整个赛场先是如世界末日降临般寂静，随后爆发出了雷霆咆哮一样的欢呼，甚至有情绪激动的女生不顾老师和裁判的劝阻，飞奔出了观众席，雀跃地朝向南风跑去。

可已经成了全场目标的向南风却丢掉了还拥抱在一起蹦跳的队友，灼热的目光在观众席上寻找着什么，最终定格在了我和姜幸的方向。

一种极其不好的预感袭上心头，我竟然有种想要逃跑的冲动。

下一秒，他带着胜利的笑容，以百米冲刺的速度在众人的目光中跑了过来，一个急刹车站立在我面前。

就连裁判也好像看到了什么不可思议的事情一样，张大了嘴巴。

由于向南风的到来，我们所在的位置也自然而然地成为无数双眼睛的焦点，可他好像什么也没有发觉一样，大拇指翘起指向自己，高声说："怎么样，闻钰，我刚才厉害吧？"

我瑟缩了几下，想要像平日一样降低自己的存在感，可"闻钰"这个名字已经清清楚楚从他的嘴里说了出来。

明显感觉到了我的抗拒，姜幸眉头一皱，看似漫不经心地将我挡在身后，随后竟然对向南风露出了一个挑衅的笑容。

"我并不觉得厉害。"她抢过话头，傲气地眯起双眼，"我也可以。"

话音刚落，满场哗然，周围听清楚二人谈话的几个同学早已惊掉了下巴。

我有些担忧地扯了扯姜幸的衣袖，用眼神示意她不要这个样子。

虽然她是为了我好，为我出头，可这种带有挑战意义的话语说出来，真的好吗？

可就在我抬起头的一刹那，竟然看到她漂亮的双眼中充满了往日不曾有过的狂热，那种神色，那种笑容，就好像一只等待狩猎、胸有成竹的狮子。

姜幸她……并不只是为了我，她是真的想挑战向南风！

战书已经发起，大家都屏住呼吸，紧张地等待向南风的答案：是接受，还是拒绝？

只见向南风没有一丝恼怒的味道，他赞许的目光落在姜幸充满倨傲的面孔上，随后勾起嘴角，说出简单利落的两个字："来吧！"

仿佛早已预料到了这样的答案，姜幸没有丁点儿犹豫，帅气地将厚重的校服外套脱下，扔给我，双手轻松地撑着观众席的围栏，轻松地跳到了场内。

这是一场谁也没有预料到，更不敢去想象的二人比赛。

偌大的赛场上，向南风与姜幸的身影清晰可见，我紧张得双手握在一起，连指节都透出青白色。

就算姜幸打篮球再厉害，怎么可能会敌得过已经有过无数赛场经验、善于运动的向南风呢？

环顾四周，虽然所有观众脸上的表情都带着前所未有的期待，可相信他们心中所想的结局也和我差不多，所有人都将胜利的筹码押在了向南风的身上。

裁判刺耳的哨声不停响起，我的心也随之忽上忽下，可就算愚笨如我，也吃惊地发现，赛场上的形势竟然出现了巨大的转变。

向南风脸上轻松的笑容逐渐变得认真起来，舒展的眉头也开始皱紧，而姜幸从始至终都是势在必得的模样。

"嘟——"

最后的哨声格外尖利，刺破了所有人紧绷的神经。

向南风大汗淋漓地弯下腰，双手抵住膝盖，不敢相信地望着仍旧挺直腰板的姜幸，嘴唇张合，吐出几个字来——

"你赢了。"

声音不轻不重，可所有人都听清了。

姜幸毫不在意地扬了扬手，可眼中透出的的确是喜悦没错。

她一边向我的方向走来，一边连连谦虚地道："没什么，也算是侥幸，你也很厉害。"

"等一下！你刚刚是怎么做到的？那个角度根本没有办法投进去啊！"向南风急了，也不顾疲惫的身体，一溜烟追了上来。

"哦，你说刚才那个啊……我也不知道。"姜幸索性装傻。

可向南风怎么肯罢休，干脆跟在她的身后喋喋不休，二人争吵着一直走到了我的面前。

我递上绿茶和纸巾，却听到向南风有点儿不开心地问："没有我的？我也渴了。"

"你还缺饮料吗？那边的女生都在等着呢！别和我们抢！"姜幸推了他一把。

不知为什么，看着他可怜巴巴望着绿茶的模样，我竟然有点儿于心不忍，鬼使神差般将一瓶还没有开盖的饮料悄悄递过去。

没有停顿，没有意料之中的尴尬，向南风飞快地接过饮料，几秒钟的时间就灌下了一大半。

"哈！你瞧人家闻钰多大度，再看看你！"向南风满足地靠在座位上，转头对我笑了笑，"谢了啊！"

看着那样的笑容，我的嘴角像是被透明的细线向上牵引着，不自觉地一点点、一丝丝向上扬起。

　　闻着鼻尖带着香樟气味的暖风，看着远处那个青春洋溢的身影，我的心底有什么东西正在慢慢塌陷……

第三章 相互交叠的世界

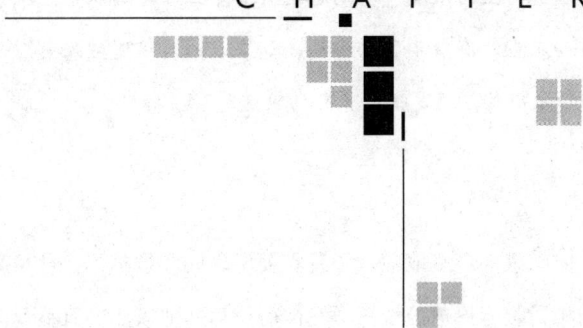

CHAPTER 03

灰色积木
Grey Block

"人与人之间总是看似陌生与淡漠，实则总是有着千丝万缕的联系，我们在无形中互相融入各自的人生，有着不同的影响，让未来的道路发生改变，却不知生命的火车，是会拼命前行，还是脱离原有的轨道？"

1.

在那场篮球赛后，向南风很自然地融入了我和姜幸之间，虽然开始只是疯狂地跟在姜幸的身后向她讨教打篮球的技巧，几次碰壁后，他依然锲而不舍，姜幸也终于心软了。

看得出来，向南风并不是什么讨人厌的人。

他说话的时候眼神明亮，看不到一丝一毫的阴影，遇到什么困难的事情，也总会第一个冲上来，竭尽全力帮忙。

从某种方面来讲，他和姜幸，算是同一个世界的人。

渐渐地，我也习惯了他的身影，一起和姜幸打球、吃饭，口渴的时候像无赖一样从我这里抢走一瓶冰凉的绿茶。

曾经怀疑的心情也随着这种每日侵入我生活的快乐变得难以捉摸，或许他之前的那些行为，真的只是单纯想要和我相识，做普通的朋友呢？

我开始接受他的存在。

学校的午休时间，南风利用手中的特权要来了天台门的钥匙，我们几人带着准备好的午餐，打算在阳光充足的天台上享受宁静的午休。

"别说，你还真行啊，我一直以为学校的天台是禁忌之地呢！"姜幸第一个跑过去，像发现新大陆一样四处打量。

"其实也没什么，只是这里的环境和风景好，如果人人都能进来，每天就该爆满了。"向南风简单地解释道，顺便瞥了她一眼，"真笨，这都想不清楚。"

我默默地跟在他们身后，将三个人的午餐整齐摆好，轻声说："还是先吃饭吧，该凉了。"

向南风连忙应声，坐到我的身旁，挤了挤眼睛："我听姜幸说你喜欢吃鸡蛋？我这里也有！多吃点儿，你太瘦了！"

"不用了。"我有些不自然地别过头去，"我吃不完的。"

"没事，吃不完就只吃蛋黄啊，营养价值高！"他完全不在意我的拒绝，直接打开饭盒，将鸡蛋挑了进来。

向南风和我的距离很近，他身上散发着淡淡的、青草一样让人感到清爽的气息，我下意识地想要退开几步，抬起头却看到了那双真诚的眼睛，正期待地盯着我，好像在等待一个满意的回答。

"好吧……"我终于妥协，微笑着说，"谢谢。"

他长长地舒了口气。

"笨！谁说只有蛋黄营养价值高？蛋清也一样啊！"姜幸也将她的鸡蛋挑进我的饭盒里，"你也别太偏心，我还喜欢吃西红柿呢，你怎么不把西红柿给我？"

向南风眼珠一转，他似乎还对上次篮球赛惨败的事耿耿于怀，于是小气地护好饭盒："给你也行！不过不能这么简单……"

"就几片西红柿，至于这么小气吗？"姜幸翻了个白眼，"这样吧，咱们来猜拳怎么样？你输了，西红柿是我的；我输了，给你买一个星期的可乐！"

"我的西红柿不吃，给你吧？"看着姜幸执拗的模样，我不禁笑出声来。

"不用！我今天非让他心服口服不可！"姜幸已经热血沸腾地挽起袖子，"我觉得这个赌注还不够刺激，要不……输了的人去做一件惊天动地的大事，怎么样？"

对于这个提议，向南风似乎很满意，原本还对猜拳游戏有些怏怏的他也猛地坐得笔直，连连点头："那就这么说定了！"

于是两个精力充沛的人扔下了已经快要凉透的午饭，开始了猜拳游戏。

我无奈地摇了摇头，最终决定不去阻止他们，而是将饭盒的盖子扣上，做一个安静的旁观者。

不得不说，姜幸算是一个无所不能的女生，不仅在男生擅长的运动上十分出色，就连完全只靠运气的猜拳都会顺利地赢得胜利。在五次交锋后，向南风的脸色已经变得铁青，他叹着气将饭盒里的西红柿都挑给了姜幸，然后托着下巴沉思了起来。

"还有一件大事，千万不要忘记了。"姜幸飞快地嚼着西红柿，眉飞色舞地说道。

可这句话刚说出口，原本还坐在地上一副思考者模样的向南风竟然像弹簧一样跳了起来，没命似的朝天台的出口奔去。

"等着！绝对让你们吃惊！"

他誓言一般的呼喊在空旷的天台上方久久回荡着，只留下我和姜幸面面相觑，一时搞不清状况。

"真是说到做到啊……"姜幸呆呆地戳着饭盒里的西红柿，半晌才回过神来。

"他会去做什么大事情？"我也有些好奇。

姜幸摇了摇头："这么突然的决定，谁能猜得到？不会去给我买来一整箱的西红柿吧，哈哈哈……"

清凉的微风柔柔地掠过耳畔，看着姜幸栀子花般清幽动人的笑容，我也不禁被感染，张口想要打趣，却听到校园广播发出了"刺啦刺啦"的响声，如同一双残忍的大手，生生撕破了此时的宁静美好。

刺耳的噪音持续了几秒钟的时间，我们齐齐放下手中的筷子。

姜幸突然兴奋地站了起来，高声说："我知道了，一定是向南风！"

"各位正在午休的同学，你们好，今天真是一个晴朗的天气，很高兴在这阳光明媚的午休时间，由我向南风为大家带来一个足以震撼人心的消息……"

在姜幸胸有成竹的判断中，偌大的校园中果然响起了向南风如大提琴般低沉动听的声音。

我也有些震撼地起身。

"我在这里要向大家、向整个世界宣布，向南风喜欢的人是闻钰，他最喜欢的人，就是闻钰……再说一次，向南风喜欢的人，是闻钰……"

那一刻，整个世界都带着灰暗阴沉的色彩，带着不可阻挡的攻势，向我呼啸着奔跑而来。

广播中，这句简单的话还在被向南风不停地重复着，它好似一圈圈扩散的涟漪，在空气中跳跃着，落入每个人的耳中。

我浑身冰冷，如坠冰窖，却又一时紧张错愕得不知该怎么办才好，仿佛一个溺水的旅者，狂乱地挥舞着无力的双手，下意识地向唯一的救命稻草——姜幸望去。

可我看到的却是同样呆愣在原地的姜幸，她的脸色是从没有过的、白纸一样的惨白，本似玫瑰花般娇艳的双唇也失去了原有的色彩，好像涂抹了一层干涩的白灰。

被她这样的表情吓到，我喃喃道："姜幸？"

她猛地回过神来，如梦初醒般望着我，目光却没有焦点。

也不知道过了多久，她的脸颊才渐渐恢复血色，却又瞬间换了一副表情，笑得如阳光般灿烂："嗯，怎么了？"

仿佛刚才那个魂不守舍的人是我的错觉。

广播站刺耳的噪音已经消失在了广阔的天空中，我好像从她的话语中听到了一丝浅淡的悲伤。

看着这样的姜幸，我感觉我们周围那堵原本就不堪一击的围墙似乎开始出现细碎的裂缝。

强烈的不安将我团团包围，我几次张口想同平日一样和她开玩笑说些什么，可话语在喉咙中翻涌，却一个字也说不出来。

相识以来，我和姜幸第一次这样令人尴尬地沉默着，谁也没有开口。

不远处的天台入口传来了慌乱的脚步声，仿佛可以从这种声音中找到寄托一样。

我们都默契地转过头去，只见一个高大修长的身影越来越清晰。

向南风干净的面孔上出现了两团淡淡的红色，他气喘吁吁地扶住围栏，得意地抬手比画了一个胜利的手势，声音依旧是那样的无忧无虑："怎么，都被我的宣言吓到了吗？"

不安和沉默在天台清新的空气中翻涌着、挣扎着，像是随时有可能爆炸，将这个世界平和的表面爆得面目全非。

向南风保持那个可笑的姿势，完全没有意识到，因为他这次突如其来的行动和宣言，我们之间的气氛发生了怎样微妙的变化。

我听到身边的姜幸轻轻吸气，随后展眉一笑："你这个家伙，真是胆大！要吓死我们吗？不怕老师和主任追究？"

"不是你说要做一件大事情吗？"向南风不好意思地挠了挠头发，"没关系，他们只觉得这是一个玩笑，没什么大不了的！"

"对！只是个玩笑而已！"

我再也控制不住心中的慌乱，颤抖着说出口来。

一定是……拜托这只是平淡午休时一个荒诞不稽的玩笑！

否则……

我望着地上还亲密地摆放在一起的三个饭盒。

我们无法再回到过去了吧？

向南风无言地望向我，聪慧的双眼中闪过一丝了然，很快消失不见，他挑着眉走到我的身边，轻轻拍了拍我的肩膀："你紧张什么？当然是玩笑！"

"闻钰，你别管他。"姜幸大笑着撇了撇嘴，"快点儿吃饭吧，否则下节课赶不上了。"

二人说笑吵嘴的声音将残留在空气中最后的不安掩盖，我平复着自己狂乱的呼吸，再次端起饭盒，却味同嚼蜡。

2.

下午的课程在午休闹剧的余波中缓缓结束，不知是不是我的错觉，周围同学好奇又带着探究的目光似乎一直落在我们的身上，倒是向南风和姜幸满不在乎，依旧为很小的事情吵闹很久，最终在橙红色的夕阳下相互挥手道别。

落寞地走回舅舅家，看着被拉长的影子，我不断地安慰自己，今天这个让人胆战心惊的玩笑，就快点儿忘记吧……

或许我所感受到的那种微妙的变化，只是一种不安下的错觉呢？

冰凉的手握住房门的把手，我深吸一口气，让自己的表情看上去自然一些，随后悄声打开门。

每天的这个时间，舅舅家中都很安静，偶尔程盼盼会坐在电脑前看电影，而舅舅和舅妈都会在很晚的时候才回来。

可今天，好像所有的事情都已经超出了我的预料。

烟雾缭绕的客厅里，舅舅埋头坐在角落的位置上，手中夹着一支已经燃到尽头的香烟，桌上的烟灰缸里也是密密麻麻的烟头。

舅妈则同样一脸阴云地抱着双臂站在他的身边，双眼红肿，满面泪痕。

我暗叹，看来自己不够幸运，选错了回家的时间。

"舅舅、舅妈，我回来了。"面对着心情极差的两人，我尽量压低声音。

如意料之中的，我并没有得到回答。

"回到我们家中就摆出这副要死不活的表情来，给谁看？"舅妈突然揉了揉眼睛，提高声音，"说不定就是因为你这个苦瓜脸，我才……"

"哎！别怪闻钰！"舅舅轻声打断她，又猛吸了一口手中的烟，随后抬起头来对我勉强笑了笑，"闻钰，你舅妈她……身体不好，刚刚查出了乳腺癌，所以心情也差，你别放在心上。"

"你凭什么替她说话！"舅妈怒吼一声，仿佛可以吃人的目光又转到舅舅的身上，"我现在连教训她的权利都没有了吗？是不是你也觉得我快要不行了，在这家里的地位也消失了……"

说着说着，她愤怒的声音一点点低了下去，变成了一声哀怨的呜咽。

舅舅眉头紧锁，连忙扔掉手中的烟轻抚舅妈的背，又给我递了个眼色："闻钰，快去给你舅妈倒杯茶。"

我不敢耽误，放下手中的书包奔去厨房泡茶，又撇去茶叶，将温暖的白瓷杯子放在飘满了烟灰的茶几上。

"走开！我不要你假好心！看我得了重病，你其实心里在偷笑吧！"舅妈抹着眼泪，还不忘对我怒吼，"别以为我不知道你心里在想什么！"

"舅妈，不要乱想，喝点儿茶吧。"面对她的言辞指责，我并没有放在心上，只是将那杯茶又向前推了推。

"走吧，闻钰，让你舅妈静一静。"舅舅连忙挥手。

"我还能静什么！还有那么多家务没有做！你们还没有吃饭……"

"交给我吧。"我轻声说。

"好好，都交给你，快走吧，先回房间去……"舅舅急得焦头烂额，语气也变得不耐烦起来。

我点了点头，重新拿起书包，安静地走回房间。

整理房间，做好一切家务，也准备好了晚饭，我将自己那一份端进房间吃完，然后拿出课本来复习功课，却听到"砰"的一声，紧闭的房门被一股大力撞开。

我并没有回头。

这个时间会来到我房间的人，除了程盼盼，不会再有其他人。

"闻钰姐，今天的晚饭是你做的？真好吃！"她蹦跳着坐到了我的身边，将摆放整齐的课本随意地推到了一边，"要是你天天做该有多好！"

我微笑着摸了摸她的头发："你喜欢的话，我每天都做给你吃。"

"好啊！那明天我要吃咖喱牛肉饭！"她亲密地挽着我的胳膊，"对了，我告诉你一个好消息，今天我向卢天意表白了，还送了他一束我精心挑选的玫瑰花……"

"今天？"我有些吃惊。

"对啊！他刚开始的时候紧张得不行，后来却还是含情脉脉地收下了我的花，还、还把我抱在怀里了……"说着，程盼盼白皙的面孔已经变得通红，抓紧我胳膊的手也变得十分有力。

我却有些心神不宁。

她看起来心情很好，难道是不知道舅妈已经确诊了乳腺癌的事情吗？

虽然不想影响她的快乐情绪，可家人的安危确实应该被放在第一位，在思虑了半晌后，我还是慎重地开口："盼盼，你……不知道你妈的事情吗？"

没想到的是，程盼盼只是随意地抓起了桌子上的一支彩笔，乱涂乱画起来："知道啊，我爸和我说了。"

画笔摩擦在粗糙的白纸上，发出沙沙的声音。

昏黄的灯光柔柔地落在她娇嫩的面孔上，还是那样毫无忧愁、满是幸福的笑意。

"那你不去多陪陪她吗？"我克制着心中的震惊，柔声询问，"舅妈好像很伤心的样子。"

"我去陪她有什么用？她只会一个劲地和我哭，说自己多痛苦多难受……"她有些厌烦地嘟起嘴巴，"还是听我继续说天意的事情吧！在接受了我的表白后，我们还一起去了公园，他帮我提着书包……"

"盼盼。"我叹着气打断了她的话，"听话，先把卢天意的事情放到一边，哪怕去陪舅妈说说话也好啊。"

啪的一声，程盼盼不悦地丢掉手中的彩笔，扭过头来不耐烦地盯着我。

"一个两个都这么教训我，烦不烦？"她的语气冰冷，和刚刚的热烈轻快截然不同，"我都说了，根本不用我去安慰！"

"听话，你去了，舅妈的心情会好些，对身体的恢复也有利。"

"闻钰！"她甩手站了起来，眼中已经多了一丝危险的味道，"你是不想听我说卢天意的事情吧，那假惺惺的找什么其他理由？我要做什么事情，还由不得你来命令！"

说完，她也不等我的回答，阴沉着面孔离开，把门甩得震天响，留我一个人在房间，只觉得她的想法有些让人无法理解。

这些天发生的事情混杂在一起，脑袋开始隐隐作痛，我起身去拿药和水，看着窗外已经开始变黑的天空，心中一动。

倪诺现在还没有休息吧？

3.

舅舅和舅妈在房间里低声讨论着什么事情，心情突变的程盼盼也不知去向，我飞快地走出房子，带着一种莫名的期待，向倪诺家中所在方向跑去。

幽静的别墅外，在月光下悄然绽放的花朵散发出沁人心脾的馨香，我推开微敞的铁门，像泥鳅一样钻进灯火通明的屋子中。

"倪诺，你在吧？"轻敲房门，我低声呼唤着他的名字。

没过多久，紧闭的房门"吱呀"一声打开，倪诺身穿一件普普通通的T恤，手中抓着一条黑色的毛巾，正擦拭着湿漉漉的发丝。

看到我的到来，他平静的面孔上出现了一丝惊讶，却又很好地掩饰过去。他露出往日最常见的微笑，侧身说："进来吧，晚上了，外面很凉。"

听着他熟悉的声音，我觉得心安定了不少。无数个烦躁不堪的日夜都是他的声音在安慰我，给我最强大的力量。

屋子里温暖又舒适，他先体贴地将空调打开，又端来温热的牛奶放在我的手中，然后回身去摆弄那个落地留声机。

开始是低沉的钢琴伴奏，伴随着节奏的加强，陈奕迅优雅却让人感到悲伤的声音在耳边荡漾开来，一点儿一点儿，侵入我的骨髓和灵魂。

"很多人听歌曲并不只是喜欢音乐，而是能从音乐中听到属于自己的故事。"倪诺放下手中的毛巾，给自己倒了一杯咖啡，"换句话说，感同身受吧。"

我用僵硬的手指环住那只上面画着小熊、专属于我的瓷杯，温热的感觉瞬间从指间流淌到四肢百骸。

"倪诺，"我盯着杯子上的花纹，"世界上真的会有感同身受的人吗？"

"或许是吧，地球上的人口数目如此庞大，怎样的巧合不会发生？总会有那样的人的。"

"是吗？"我怔怔地扯出苦笑。

"你今天心情不好，是吧？"倪诺歪着头，将我的心事一语道破，"到现在你也没有说出原因，应该是有些难以启齿，我不逼迫你。闻钰，调整心情，喝光这杯牛奶回去吧，明天我去学校找你，会给你一个惊喜。"

我摇了摇头："其实也不是心情不好，就是有很多事情想不明白。"

"我给这杯牛奶施加了一个神奇的魔法。"他波澜不惊的面孔上出现了调皮的神色，"只要将它喝光，烦恼也会随着肠胃的蠕动消化的……"

这种哄骗小孩的把戏听上去幼稚无比，却让我灰暗的心情明朗了大半，我不禁笑出声来，听话地将杯中的牛奶一饮而尽。

大概因为身体变得暖和了不少，那些所谓的烦恼真的逐渐淡去了。

4.

又是一个再普通不过的清晨，我比平日起得更早一些，主动做好了早餐摆放在桌子上，在没有吵醒这一家三口的情况下，提起书包走出了舅妈家。

不远处的十字路口，早已等待在那里的姜幸懒懒地靠在一棵茂密的柳树下，在她的脚边，一只黄白相间的小猫正探出毛茸茸的脑袋，亲昵地蹭着。

"早上好！"我调整了情绪，向她挥了挥手。

姜幸缓缓转过身来，先是抿起嘴角笑了笑，随后目光忽然变得怪异起来。她皱起眉头，仔细打量着我："闻钰，你的脸色很差，是不是又没有吃早餐？"

"啊？"我错愕地伸出手，摸了摸脸颊，"没有吃，起得匆忙……"

"别骗我了，你会起得匆忙？我才不信！"姜幸恨铁不成钢地拿下书包，从里面掏出两个热乎乎的包子，"就知道你不会吃早饭，带给你的，我这里还有豆浆。"

"你吃过了吗？"接过那两个包子，我心中一阵感动，眼眶竟有些泛酸。

"我当然会吃早饭，我是个健康的好姑娘，哈哈！"她自信地拍了拍自己的胸膛。

我笑着掰开一个包子，慢慢地吃了起来。

一路上，姜幸都在和我抱怨昨晚的一场篮球比赛，她喜欢的队伍怎样惨败，敌方又是怎样的厉害，我有一搭没一搭地应着，在上学的路上破天荒地吃光了两个包子和一杯豆浆。

"那不是向南风吗？"原本还在向我解说赛事的姜幸突然眯起眼睛，指着学校门口，"他站在那里等谁？"

听到这个名字，昨天发生的事情又不合时宜地浮上脑海，我下意识地想要逃避，只淡淡地回答："不知道。"

可就在我掉转目光的一瞬间，一个熟悉的身影向我走来，平日里平稳的步伐此刻却带着焦急。

看着这个人越来越近，我不由自主地张口，叫出了声："倪诺？你怎么现在就来了？"

巨大的惊喜让我的情绪变得不受控制，声音也高了几个分贝，别说身边的姜幸，就连站在前方的向南风都朝这个方向默默地望过来。

"我接下来有些事情，托朋友给我带来的东西也刚好送到，我就拿来给你。"倪诺饱满的额头上有着一层薄薄的汗水，"这是他们从国外带来的样式很精致的积木，虽然看起来很漂亮，却也很复杂，心情不好的时候有助于发泄。"

"你昨天说的就是这个？"我接过那个打着红色丝绸蝴蝶结的包装，笑容怎么也收不住。

"是啊，你一定会喜欢的。"他抬手揉了揉我的头发。

"谢谢你，我真的很喜欢。"我将盒子紧紧抱在怀中。

"你先去上课吧，如果我事情办完了，放学再来接你，带你去吃好吃的。"

他对我眨了眨眼睛，转身刚要离开，向南风冰冷而充满敌意的声音传来——

"喂，你是闻钰的什么人？"

人声嘈杂不堪的学校门前，并没有人注意到气氛奇异到让人想要逃避的我们四人。

我心中一凛，连忙上前握住倪诺的手腕，低声说："他是……我哥哥。"

"哥哥？"向南风总是挂在脸上的那抹亲善的笑容已经无影无踪，"我怎么从来没听说过你有哥哥？"

"喂，向南风，你不要太过分。"姜幸在一旁提醒。

"我哪里过分？只是这个人看起来比闻钰要大，还一副鬼鬼祟祟的样子，我们作为朋友当然要了解一下情况，不是吗？"向南风冰冷地反击，目光重新落到表情平静的倪诺身上，"你真是闻钰的哥哥吗？"

"真是糟糕啊，原来我的样子看起来是鬼鬼祟祟的？"倪诺竟然毫不在意地开起了玩笑。

他并没有回答向南风，只是反手将我因为紧张而冰冷的手握在掌心，笑着说："有朋友替你担心，这是好事情，那我就先离开了。"

"事情没有说清楚不要走。"向南风好像完全失去了理智一样，不善的话语连珠炮似的从嘴巴里不断蹦出，"否则——你就在这里保证，不会再来骚扰闻钰！"

这样的向南风，我从前没有见到过……

那个爽直活泼的向南风，竟然也会言辞犀利地去表达对一个人的厌恶吗？

更何况，这个人是对我最重要的倪诺……

我咬紧牙关，再也无法忍受，飞快地上前一步嘶声指责："向南风！你说够了没有？是谁给你的权利，可以对着一个刚刚见面的陌生人指手画脚？"

情势急剧变化，就连姜幸的脸色也变了。

他们都没有想到，那个平日里沉默寡言的闻钰，竟然也会有发怒的一天。

向南风的情绪波动更是直接，他脸色青白，最后发出一声不甘的冷笑："我是在担心你！你难道还不明白？你怎么认定这个人心地善良，如果这只是他伪装的……"

"够了！"我颤抖着打断他的辩解，泪水如同断了线的珠子不断掉落，"你从来都不理解我的感受，你想做的事情就随意去做，那我呢？"我抬手使劲地擦着眼泪，"你真是个自私的人！"

心剧烈地跳动着，就连呼吸都变得紊乱起来，倪诺的脸上出现了慌张的神色，他一把扯住我的胳膊，安抚似的将我揽进怀里，拍打着我的肩膀。

再次面对向南风时，他也不似之前那般从容，声音也冷漠得让人心惊。

"这位同学，闻钰的身体不好，请不要激怒她、刺激她。"倪诺冷冷地望着他，"对我有什么意见，可以直接说出口。"

看着浑身战栗、躲在倪诺怀中不停哭泣的我，向南风暴怒的面孔上终于出现了挣扎的神色，他抿着双唇走近我，刚刚伸出手，却又被同样带着责备目光的姜幸拦下。

"今天的确是你太过分了。"姜幸皱眉，硬邦邦地说，"走吧。"

我把头埋在倪诺温暖的怀抱里，只看到了向南风握紧了双拳、摇摇晃晃离开的身影。

这一刻，我清楚地感受到了，已经有什么东西，真真正正地在我们之间崩塌与毁灭。

这是无论如何也无法愈合复原的。

"闻钰的背包里有药，记得提醒她吃。"倪诺并没有再去留心向南风，只是将呼吸已经趋于正常的我交到姜幸的手中，"让她喝点儿热的东西吧。"

"我知道了，交给我。"姜幸认真地扶住我，没有多问一句，甚至没有去问倪诺的名字。

我的手中还捧着那盒倪诺赠给我的积木，它冰凉又坚硬，却成为我唯一可以依靠的、无形的臂膀。

5.

向南风是真的愤怒了，他不仅逃掉了整个上午的课，连午休时间都没有看到他的身影。

我闷闷地将头埋在双臂中，不禁开始反复地思索：是不是我说的话的确有些过分？可……向南风对倪诺的态度也很差劲啊！

难道，我们之间的关系真的就这样结束了吗？

不知是不是受了我们的影响，坐在旁边的姜幸也保持着难看至极的脸色，低头摆弄着什么。

我小心地望过去，发现她拿在手中的、那个发光的东西是手机。

察觉到我的目光，姜幸匆匆抬起头来，露出一个安慰似的笑容，担忧地问："药吃了后感觉有没有好些？"

我不停地点头，还是没有忍住："你怎么了？"

"唉……"听到我的问题后，她的眉头稍稍舒展开来，可脸上依旧阴云密布，"被一个讨厌的人纠缠上了，什么方法都没有用。"

"纠缠？是坏人吗？需不需要报警？"我吓得直起了身子。

没想到姜幸却扑哧一声笑了出来，她啪地将手机摔在桌子上，连连摆手："不是不是，闻钰，你电视剧看多了吧！是个很讨厌的男生，我都拒绝很多次了，还发短信、打电话给我，刚刚又要约我出去，简直……"

姜幸的抱怨还没有讲完，躺在桌子上的手机又开始疯狂振动。

她咬牙切齿地瞪过去，几乎崩溃地叹息："又来了！真是没完没了啊！"

看着姜幸拼命拉扯自己的头发、神思混乱的模样，一个念头在我的心中产生——我是不是也可以帮助她什么？

这个总是挡在我的前面，保护我，为我出头的姜幸，我不想就这样永远地缩在她的身后，所有的事情都看着她劳神费心，而自己就像一个懦弱的无用之人……想到这里，我没有任何犹豫，一把抓起她桌子上还在执着振动的手机，按下接听键。

刚刚显示通话成功，一个充满喜悦的聒噪男声就从对面传来："姜幸！你终于肯接我电话啦？求求你，给我一次机会好不好，我一定让你满意……"

"我不是姜幸。"我冷漠地回击，"她刚刚和男朋友出去了，手机扔在这里，说要躲开一个讨厌的人。"

旁边的姜幸也没有想到我会突然替她接听电话，拉扯头发的动作就那样僵住了，瞪圆了眼睛望着我。

"她有男朋友了？"对方难以置信地发问，"是谁？"

"这个和你没关系吧？如果你再打电话或者发短信过来，我就会报警说你骚扰。"

说着，不等对面那个吱哇乱叫的男生再次说什么，我连忙挂断了电话，长舒一口气，对着姜幸比画了一个胜利的手势。

"这下子应该会安静一段时间了吧？"

姜幸的手指在半空中僵硬地活动了几下，终于远离了已经被拉扯得乱七八糟的头发，她好像发现了新大陆一样靠近我，捏了捏我的脸颊，吃惊地点着头："哇，看来我们的闻钰也是很厉害的人啊，只是短短几句话就让那个讨厌的家伙没有办法了！以后你做我的护花使者好不好？"

"对、对待这种人就应该硬气一点儿啊！"被她说得有些害羞，我强作镇定地解释。

"你说得也是。"姜幸无奈地重新坐回自己的位子上，目光变得悠远起来，"刚刚电话里的那个男生叫许君泽，他……算是我的青梅竹马吧，我们一起长大，一起玩闹，甚至……我的篮球，都是他教的呢。"

"青梅竹马？那不是应该很亲近吗？"我下意识地问出口来。

像是想到了什么苦恼的事情，姜幸烦躁地闭上眼睛。

"原本应该是的，可他突然说很喜欢我，想要和我在一起，我对他的感情和朋友没什么区别，委婉拒绝后，他就开始死缠烂打，直到现在。"说到这里，她再次决定了什么一般睁开眼睛，瞳孔中满是决绝的冷意，"闻钰，强求的东西，不能算是喜欢。"

强求的东西，不能算是喜欢。

我细细咀嚼着这句话，姜幸已经趴在桌上，不知道在思考什么。不想打扰她，我将目光放到了窗外。

高大粗壮的榕树上，葱绿的叶子不知人间清欢，在微风中沙沙作响，春去秋来，它们回到了最初的模样，或许时间就是这么奇怪的东西吧。

第四章 与你就像那初见

CHAPTER 04

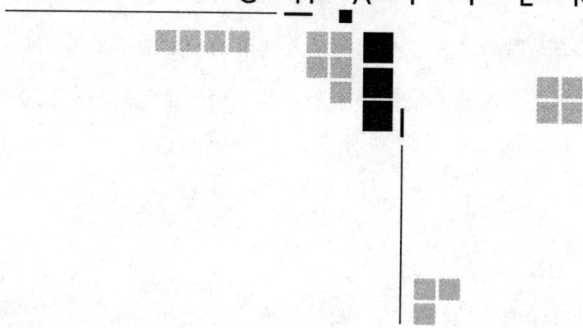

灰色积木

Grey Block

"或许在不长不短的人生中，能疯狂去做自己想做的事、说想说的话，只有在那短暂的青春时光了。因为年轻，我们对还未到来的一切毫不恐惧，都以为终将会过去，可当时的我们都太年轻了，除了不顾一切的勇气，恐怕找不到更有力量的东西了。"

1.

很多年后，我依旧可以清晰地记起那时姜幸的神色——好像是痛下决心、割舍一切的冷漠，却又怀揣着淡淡的、难以舍弃的眷恋。

这种互相碰撞的复杂表情，我原以为永远都不会出现在开朗乐观的姜幸脸上。

可是，想不到的事情太多，只有高高在上的上帝，可以摊开手掌，掌控一切。

我们都只是他游戏的木偶罢了。

在说起许泽君的时候，姜幸的语气都染上了回忆的味道，只是秀眉还是苦恼地微微皱起。

"他比我大一岁，所以很多时候我都跟在他的身后叫哥哥，他对我的爱护也是很明显的，从哪里得来的糖果都会先给我吃，好玩的玩具也拿给我玩。"她低声笑了，"我脾气不好，总是和附近的孩子发生争吵，每次都是他冲到前面替我出头，很多时候都被一群孩子揍得头破血流。"

我轻轻握住她的手："真的是很好的哥哥。"

"是啊……只是哥哥而已，我一直都是这样想的。"姜幸也捏了捏我的手掌，"原本以为我们会这样一直要好下去，可那年，他突然说什么要我做他的女朋友，说可以一辈子保护我，我几乎是下意识地就拒绝了，同时我也发现，我是真的对他没有那种感情。"

"其实有一个一直保护你的人也很好吧？"我试探着问。

可姜幸更加坚定地摇了摇头，语气也变得冷厉起来："感情这种事情是不能强求的，和不喜欢的人在一起，只是折磨罢了。"

望着她不善的神色，同时也深知这个女孩倔强的程度非常可怕，我便将喉咙里的话全部咽了下去，转而送给她一个支持的眼神。

姜幸长叹一口气，忽地又露出一个笑容，说道："你不需要担心，许泽君只是缠人了一点儿，他不会对我做出什么有害的事情。倒是你，闻钰，总是让我吃不消。"

话题突然转到我的身上，让我一时回不过神："我……怎么了？"

"你的身体也很不好吧，为什么每天还要郁郁寡欢的呢？"她伸出手指掐了掐我的脸颊，"情绪的波动对身体健康的影响也是很大的，你心思缜密，想的事情太多，这样给自己留下的包袱太重了。"

听得出她是在关心我，我心中一热，下意识地嘴硬道："其实也没什么。"

"和我还有什么隐瞒的吗？光是不吃早餐就是个很严重的坏习惯了，要尽早改掉。"她故意板起脸，"我会监督你的。"

"好，我知道了。"深知她的好心，我心中的暖意更浓，忙不迭地点头答应下来。

"行啦，心事也开解完了，一时间轻松许多，我去下厕所。"她一边向我眨着眼睛，一边打着哈欠懒洋洋地走出了教室，速度快到让人有种她是在逃离什么的错觉。

我嘴里的那句"我们一起去吧"也没来得及说出口。

她纤细的身影很快消失在教室门口，我握紧拳头，心中突然生出不好的预感来。

那时我已经隐隐意识到，姜幸的生活，并不如表面看起来那样快乐自在。

心事和痛苦好似凝在心底的淤泥，见不到光明，触不到阳光，孤独的身影也因禁在那片黑泥之中，愈挣扎，愈下沉。

站在边缘的人，甚至没有办法伸出手去拉扯。

最差的结果，就是两人一起坠落，窒息而亡。

当上课铃响起，却迟迟见不到姜幸身影的时候，我就知道，不好的预感已经变为现实了。

准备已久的测试，写满了密密麻麻题目的卷子被发了下来。

我紧紧地攥住那张薄薄的、已经被汗水打透一角的卷子，不死心地向教室门外望去。

她是遇到什么事情了吗？

难道是许君泽？

"姜幸去哪里了？考试马上就要开始了。"老师严厉的目光环视着四周，最终落在那个空空的位子上。

整个班级寂静一片，没有人回答，也没有人愿意替她回答。

我急忙伸出手来，颤声道："她……有重要的事情，很快就会回来的！"

向南风目光微动，欲言又止地抬起头来瞥了我一眼，最终还是什么也没说。

"难道还要等她？这次考试的重要性她难道不明白吗？不用等了，考试开始吧！没有时间观念的学生真是叫人厌烦！"老师狠狠地在姜幸的桌子上摔下卷子，转身走回讲台。

我哑然地望着老师愤怒的身影，将下唇咬得生疼。

我焦躁地转动着手中的圆珠笔，也无心去看卷子上的题目，只觉得它们像是一只只扰人心神、到处蠕动的黑色蚂蚁，无孔不入地钻进我烦躁的内心。

整场考试我都心不在焉，几乎每隔两分钟就要抬头去看墙壁上的钟表，等待考试结束。铃声在耳边响起的时候，我几乎从座位上跳了起来，直接交了卷，想去寻找姜幸。

可迈出的脚步却生生顿在那里，我望着外面吵闹一片的操场，心中无比茫然。

要到哪里去找她？

"大消息！新鲜的！我们班有人打架了！"就在我苦苦思索姜幸去向的时候，一位男同学飞毛腿似的冲进教室，气喘吁吁地对着教室大喊，"是姜幸！姜幸和其他班的同学打起来了！学校下发了处分通知！就是刚刚发生的事情！"

我脑子发蒙，下意识地朝操场跑去。

2.

我从来没有这样焦急和不安过。

到处都是陌生人，他们脸上带着不同的神色，快乐、悲伤、愤怒、不解……

无论是谁，都不会引起我任何注意，我们的关系是相同的，都是彼此生命中毫不起眼的过客罢了。

人这一生，可以惺惺相惜的伙伴，只有那么几个就已经足够。

我像一只无头苍蝇到处奔跑着，想看到那个爱笑的姑娘，看到她潇洒地向我挥挥手，惊奇地发问："谁说我打架了？我很好啊！"

可这么多的人中，我连她的背影都没有捕捉到。

头顶湛蓝的天空偶尔有丝丝缕缕的云朵随风飘过，我无力地靠在一棵翠绿的柳树下，大脑飞快地运转。

对了！天台！

她现在是不是有可能在天台呢？那个我们三人曾经无忧无虑谈笑风生的地方。

想到这里，我一秒也不愿意耽搁，不顾身体的疲惫，向天台的方向跑去。

远远地，我就已经看到紧锁的天台门敞开着，心开始剧烈地跳动，我忍不住大声喊出她的名字。

"姜幸？姜幸！你在吧？"

虽然答案已经在心中被确定，可我只是想听到那一声回答。

半晌，我扶着天台的墙壁弯下腰去，喉咙中仿佛有一簇热烈的火在燃烧着、跳动着，被汗水打湿的发丝凉凉的，贴在脸侧。

随着高处凉凉的微风，背对着我的姜幸并没有回头，只是那一声轻到几乎无法听清的回答却清晰地传进耳朵。

"我在。"

她的声音平静淡然，甚至带着隐隐的笑意。

曾经无论何时都整洁干净的校服上此刻却带着一块又一块乌黑的痕迹，甚至袖口处还有被撕裂的痕迹，雪白的球鞋也染上了污泥。

我咬着牙，一个箭步冲上去扳过姜幸的肩膀，只见她唇角乌青，脸颊上还有干涸的血迹，触目惊心。

"你、你真的……"我又是生气又是心疼，连说话都开始结巴起来，"你真的和别人打架了？"

她只是抬手不在意地揉着脸颊，咧嘴笑了："一点儿都不疼，不用担心。你看，学校每天都这么闷，我找找乐子，和人动动手也是挺开心的事情……"

"胡说！别揉了！"我打掉她还在脸颊上用力揉搓的手，"心情不好可以和我说啊，为什么要让自己受伤？"

姜幸的手僵在脸上，随后缓缓滑落。

她微微扬起下巴，向不远处的天空望去，寂静的天台上只能听到烈风吹拂过的声响，还有她那一声饱含复杂意味的轻笑。

随后，在我埋怨的目光下，她竟然从口袋里掏出一盒已经只剩下两三支的烟，很随意地点燃，开始吞云吐雾。

呛人的烟草气息几乎要灼伤我的双眼，我想也不想就上前将那支烟抢下来，狠狠摔在地上，怒声道："姜幸！你不要再糟蹋自己了！"

乳白色的烟雾缥缈而去，姜幸的面孔在这些雾气后面变得越来越模糊。

她冰凉的手握住我的手腕，声音低婉又凄凉。

她说："闻钰，你看这个世界，日复一日，都是这个模样，好像永远都不会改变，如果有一天我死了，它会不会发生变化呢？"

我想，无论是怎样坚强的人，都不会轻易接受"死去"这种无法挽回的事实吧。

哪怕这个可怖的字眼仅仅是从嘴里说出，也让人无可原谅。

姜幸是那样的美丽、张扬，她似一朵怒放到仿佛下一刻就会凋零的艳丽蔷薇，她看似坚强，却又那么脆弱，脆弱到，我以为自己真的会失去她……

看着她站在天台摇摇欲坠的身影，无边的恐惧向我奔跑着、呼啸着，整个世界都黑暗了。

我再也控制不住，死死地把姜幸抱在怀中，呜咽着呢喃："不可能！不会的！你不要乱说话，你一直都很好啊……"

因为极度的紧张，我的声音沙哑不已。

姜幸的身体先是不自然地僵住了，可很快，她抬手轻轻拍打着我的背，在我耳边低声劝道："我只是随口一说，你别这个样子啊，我现在还很好，不是吗？"

"不许说！"我执拗地继续抱紧她。

"好好，我不说了，是我错了。"她低声安慰我，像在安慰一个闹脾气的孩子。

"也不许抽烟了！"我抽噎着。

"好好好，不抽……"

"姜幸，以后不准再说那种话！"我控制着颤抖的声音，抬起头来凝视她的双眼，"如果你真的……离开了这个世界，我会难过的，我真的会很难过。"

姜幸的双眸中满是潮湿的水汽，嘴角却勾起一道上扬的弧线。

"我知道了。"她不停地用袖子擦拭着脸上的泪水，"闻钰，你放心。"

她的声音有蛊惑人心的味道，我听着那句"放心"，努力让自己不去多想。多年以后回想起来，我才明白姜幸说那句话的意思和当时的心情，可是一切都太迟了。

当时的我们都太年轻，除了不顾一切的勇气，恐怕找不到更有力量的东西了吧。

3.

天台上的谈话结束后，姜幸当着我的面将那盒烟和打火机全部扔进了垃圾桶，她满面苦恼地拉扯着自己肮脏破旧的校服，恳求似的开口："我都已经满身伤痕了，可以让我回家休息吗？"

我有些不悦地张开嘴巴，可看着她疲惫的面孔，也明白她没有说谎。

为了她的身体着想，我只能勉为其难地答应下来。

离开前，姜幸又安慰似的捏了捏我的手掌，好像告诉我不需要再担心。

那样的姜幸，怎么能让我放下心来呢？

我浑浑噩噩地熬过了接下来的课程，身边没有了姜幸的陪伴，没有人挽着我的胳膊一起去小卖店买绿茶。

我心烦意乱地在白纸上写着陈奕迅的歌词，安静地等待身边所有的同学都离开，才拿起书包，打算去找倪诺聊天。

就在抬起头的一瞬间，站在教室门前的一个执着的身影让我已经迈出的双脚又重新放了回去。

向南风笔直地靠在门边，书包斜斜地挂在一边的肩膀上，耿直的目光毫无保留地落在我的身上。

他好像还在为倪诺的事情忧心，神色中带着少许委屈。

我很快明白了他在放学时间依旧没有离开教室的意图——他想和我谈谈。

但记起清晨他与倪诺的争吵，平日里那个阳光大度的少年竟然会说出那样的话来，就算我再愚钝，心中多少也明白了一些。

那个打破午休宁静的广播告白是真是假，我如今怎么会分不清？

想到这里，再看到向南风的时候，抵触和逃避的情绪让我别开目光，装作什么都没有看到，低垂着头，心急如焚地向教室外面走去，只希望他一个字也不说。

可身后还是响起了一声充满无奈的"闻钰"。

我想了想，还是停下了脚步，却没有回过头去。

"之前……是我太冲动了，我承认错误。"向南风黯然地开口，"我们可以谈一谈吗？"

"我没有时间，对不起。"这个早已准备好的答案很快说出口来，可压在心头的负担却没有随之而去。

向南风连忙解释："我没有别的意思，只是想和你好好道个歉。"

"我没生气，之前也是我不好。你快点儿回家吧，天快黑了。"我简单地扔下几句话，抓紧了书包带子，逃跑一样向教学楼的大门奔去。

心中有个声音在不停地询问：闻钰，你这样逃避真的可以解决问题吗？

当然不可以。任何事情只要选择了逃避，就只会向着最糟糕的方向发展。

可除了逃避，我还有其他办法吗？

为了快点儿甩掉向南风，我放弃了要去找倪诺聊天的想法，只是拼命地向舅舅家的方向走去。向南风却一直如影子般跟随在我的身后，我快，他也快；我慢，他也慢。

甚至在我打开舅舅家的门时，仍旧可以看到他徘徊不去的身影，带着深深的落寞。

为了转移自己不安的思绪，我干脆将门锁死，开始帮舅妈整理房间，做好晚饭，又戴上耳机在陈奕迅的歌声中做完了两张英语卷子。

外面的天已经完全黑透，我打开昏黄的台灯，深吸一口气，向窗户的方向望去。

有一股无形的力量在召唤我，要我走到窗边，拉开帘子，寻找外面那个可能已经离开了的身影……

经过激烈的心理斗争后，我还是犹豫着移动到了窗户边，小心地挑开窗帘，从那个狭小的缝隙观察外面的世界。

路灯下，街道上空荡荡的，看不到其他人的身影，除了还坐在花坛边、垂头摆弄手机的向南风。

他的影子被灯光拉得很长，显得落寞又悲伤，那双漆黑明亮的眸子被头发遮挡，透出浓浓的、疲倦的味道。

我捏着窗帘的手指不由得加大了力度，平滑的布料上被攥出了不少凌乱的褶皱。

只是为了给我一个解释，就等到了现在吗？

心中的坚定开始有些动摇，我几次从窗前离开又返回，最终还是狠心咬牙将那道缝隙重新合拢。

如果我走到向南风的身边，静静地听他解释，事情又会有什么改变呢？

我已经意识到了，我们三人，永远也回不去了。

多少人都在说，时间是可以治愈一切的良药，我现在能做的就只有默默地祈祷，无形中流逝的时间，真的可以抚平这些凹凸不平的伤疤。

4.

时间接近八点的时候，向南风孤单的身影终于消失在漆黑的夜色中，我高悬着的心也缓缓落下。

忐忑和不安终于随着向南风的离去终结。

我收拾好了书包和衣物，打算钻进温暖的被子里酝酿睡意，门外却响起了几天都不曾和我谈话的程盼盼的声音。

从来不敲门的她，今天竟然礼貌地敲了敲门，小声问道："闻钰姐，你睡了吗？"

我无奈地起身，将门打开。

门前的程盼盼穿戴整齐，双眼却红肿得像是两只核桃，她猛地扑进我的怀里，不停地流着眼泪，哇哇大哭："闻钰姐，我失恋了，我、我和卢天意分手了！"

我吃惊地揉着她的头发，对于她带来的这个消息感到无法理解。

她和卢天意不是刚刚在一起没多久吗？怎么会这么快……

"他说我任性，说我让他吃不消！"程盼盼怨恨地皱起眉，眼泪潜然而下，"我真的很喜欢他啊！闻钰姐，我好难过……"

她喋喋不休地向我诉说着心中的苦闷，好像完全忘记了我们之前所发生过的不愉快。

而对于之前发生的事情，我也并没有放在心上，程盼盼在我心中就像是一个心思单纯的妹妹，也是舅舅家中唯一和我亲近一些的人。

看着她伤心欲绝的模样，我也有些不忍，连忙侧过身来："进来坐吧。"

"我不要！"程盼盼突然加大力气，把我扯到了外面，"闻钰姐，我今天心情这么差，陪我出去玩玩吧？"

"现在？"我扫了下墙上的挂钟，"都已经这么晚了……"

"没关系！很快就回来！出去透透气而已！"说着，程盼盼的眼泪又落了下来，"我心里真的好难过。"

"我给你做好吃的东西也不行吗？"我大为头疼。

可程盼盼似乎铁了心要去外面，无论我开出怎样诱人的条件她都一口拒绝，最后还是软磨硬泡地把我带到了不远处的一家酒吧。

虽然已经是深夜，可这里还是人来人往、嘈杂不已，我鼓足了勇气也不敢走近，倒是程盼盼轻车熟路地扯着我的胳膊，一路走向了拥挤的吧台。

"一瓶伏特加，再来一打啤酒，一桶冰块！"她对着吧台后那个帅气的调酒师笑了笑。

"你经常来吗？"我不安地打量着四周的环境。

"还好啦，有时候会和朋友一起，这里蛮热闹的。"她接过酒，不顾我的反对，利落地开了好几瓶，又神色郁郁地说，"今天只能借酒消愁了。来，闻钰姐，一起喝！"

　　说着，啤酒和冰块被齐齐推到了我的面前。

　　拗不过她的热情，我勉为其难地挑出一瓶来，刚刚放到唇边，一股难以忍受的刺鼻气味就扑面而来，我逼迫自己浅尝一口，被呛得直流眼泪。

　　程盼盼却像是着魔了一样一瓶接着一瓶不停地喝，看得我胆战心惊，无论怎样劝阻都得不到她的回应。

　　我抬手看了看手表上的时间，现在已经越来越晚了，舅舅和舅妈会不会担心？

　　"卢天意这个坏蛋……"双目已经有些迷离的程盼盼还在念念不忘地嘟囔着那个名字。

　　我几次张开嘴想要提醒，可看到程盼盼伤心欲绝的样子，只能将心底的担忧全部压下。

　　相信她也十分需要一个可以发泄的方式吧。

　　眼看着周围的酒瓶全部空了，明明时间已经很晚，酒吧的人却越来越多，程盼盼终于感到了疲惫，步伐不稳地扶着我的胳膊，左摇右晃。

　　"闻钰姐，你说我哪里不好？我难道配不上卢天意吗？啊？"她带着酒气的质问在我的耳边响起。

　　"你很好，是他配不上你，不要伤心了，好吗？"我艰难地握住她滚烫的手腕，轻声安慰。

　　"呼……"她将整张脸都埋在我的领子里，再也不说话了。

　　我们二人相互搀扶着回家，远远就看到家里灯火通明。我心中不由一滞，暗道不好，应该是舅舅和舅妈发现我们两个都不见人影，担心到无法入睡吧？

我一边稳住还在身旁抱怨的程盼盼，一边小心翼翼地打开了房门，抬眼望去，舅舅和舅妈二人并肩而坐，脸色阴沉，望向我的目光，好像要将我生吞活剥了一样。

"我们回来了。"为了尽量不惹怒他们，我把说话的声音压到最低。

舅妈并没有回答，她只是摇晃着虚弱的身子站了起来，慢慢走到我们的面前，愤恨的目光落在满面通红、浑身酒气的程盼盼身上。

"妈。"或许是被这样的目光吓到了，程盼盼不甘愿地叫了一声。

可话音刚落，舅妈就高高地扬起手来，伴随着一阵犀利的风声，我感到脸颊上传来一阵难以言说的剧痛。

啪的一声后，整个房间都变得安静起来。

我被这一巴掌打得弯下腰去，只觉得眼前都是跳来跳去的金星，脑海中好像有无数个炸弹已经失控爆炸，难以忍受的疼痛让我发出一声低低的呻吟。

"闻钰，我就知道你不是什么好东西！"舅妈咬牙切齿地说道，"这么晚了，你竟然带着盼盼去喝酒？"

"哎呀！再怎么生气也不应该动手打人！"舅舅唰地站了起来，脸色剧变，"虽然说是闻钰的错，可是你……"

"我什么我！你看盼盼都喝成什么样子了？要不是这个扫把星每天只知道惹事，我会变成这个样子吗？"舅妈怒吼道。

我死死地捂住脸颊，冰冷的目光落在舅妈身上。

她这样不分青红皂白地指责我，难道我还要继续忍受吗？

"妈！你别说话了！你凭什么打闻钰姐！"被那一巴掌惊到的程盼盼也回过神来，挺身向前，"是我带她出去的！"

"你还狡辩？别护着她，今天我非教训教训这个不懂事的臭丫头不可！"

"整天吵吵闹闹的，心情不好就找别人发泄，烦不烦？我是被你吵得头疼才出去玩玩的，你知不知道！"程盼盼满脸的厌恶。

完全没有想到矛头会转移到自己的身上，舅妈先是一愣，随后发出一声凄惨的哀号："都说女大不中留，你才这个年纪就开始埋怨我了？好好！我有病在身，干脆死了算了……"

"秀莲，你别乱说话……"舅舅急得满头大汗。

看着已经乱成一团的三个人，我根本没有可以缓解的余地。心中难受地抽搐成一团，我四处张望着，企图可以找到什么转移他们的注意力。

至少要让程盼盼变得理智一些！

被盼盼扔在桌子上的手机吸引了我的视线——如果是卢天意的话，应该可以吧？

来不及再想其他，我抓起程盼盼的手机，找到卢天意的名字拨打过去，嘟嘟声响了很久后，那边才响起一个冷漠的、充满了不耐烦的男低音。

"程盼盼，你还要做什么？"

我直接无视他的情绪，简单地说明情况："我是闻钰，盼盼的表姐，她现在心情很差，和家人在争吵，你可不可以劝劝她？"

在说出这个请求后，我心里早已做好了准备，他会犹豫，会一口拒绝，或者很痛快地答应下来。

可哪一种结果都没有发生。

先是短暂的沉默，随后卢天意发出了一阵更加冰冷的笑声，带着深深的嘲讽。

他说："闻钰，看来程盼盼说得没错，你果然有病，特别讨厌，这种事情你怎么会想到找我？"

我的心一沉，仿佛掉落进了无尽的深渊里。

5.

紧要关头，我相信自己的耳朵不会出错，大脑更不会出错，可为什么卢天意说出的话会让我无法理解？

我紧握手机，半晌才难以置信地反问："你说程盼盼……"

"她和我提到过你。"卢天意一口将我打断，"你难道不知道她有多讨厌你吗？真是太可笑了……你说的事情我帮不上你，我和她已经没有任何关系了。"

说完，卢天意好像再不屑和我交谈一样，匆忙地挂了电话。

我呆若木鸡地站在原地，僵硬地回头看着仍在喋喋不休争吵的三人，舅妈满脸的怨恨、舅舅很是无奈，而程盼盼……

那个总是在深夜抱着泰迪熊闯进我的房间，缩在我怀里诉说心事的程盼盼，竟然在卢天意的面前诋毁我？

总是笑得无忧无虑、甜甜地叫我"闻钰姐"的女孩，难道都是可笑的伪装？

我竟然还把她当作这个家中唯一知心的家人，每晚不顾身体的疲倦陪伴她、安慰她。

原来，我才是最可悲的那个人！

想到这里，我再也控制不住内心疯狂翻涌的悲凉，发出一声极其尖锐的长笑。

这样的笑声十分突兀，导致还站在房间中央撕扯的三人都整齐划一地朝这个方向看来。

我不去看脸色发黑的舅舅和舅妈，只是面无表情地盯着疑惑的程盼盼。

我将她的手机重新扔回桌子上，一字一句地发问："程盼盼，你说我有病？说我很讨厌？"

只见程盼盼愣在那里，脸色一会儿红一会儿白，却很快镇定下来："难道我说的有错？"

她这种有恃无恐的模样更让我感到愤怒："两面三刀，在别人背后落下口舌，原来你是这种人？你不为自己感到羞耻吗？"我冷冷地挑了挑眉，"现在看到你，我只觉得恶心。"

程盼盼的脸彻底红了，好像一只熟透的西红柿。

她伸出一根手指，颤抖地指着我的鼻尖："我看到你还觉得恶心呢！平时和我装得那么好，其实呢？呵呵！闻钰，你以为你是什么好东西？我之前和你在一起是看得起你，别太把自己当回事了！你整天像只寄生虫似的赖在我家，你说我们到底谁恶心？"

此时的程盼盼彻底撕破了美好的表象，将深藏在灵魂深处那暗不见光的黑色全部暴露了出来。

而前一秒还在争论不休的舅舅和舅妈敏锐地察觉到形势的转变，虽然还没有完全搞清楚状况，可看到亲爱的女儿忽然变成了满身毒刺的刺猬，他们自然会选择所要加入的阵营。

房间里的情形只需一眼就可以看得清清楚楚了。

我独自一人站在他们的对面，是那样的单薄和无力。

"闻钰，你不要继续赖在我们家了。"舅妈抱着双臂，鄙夷地盯着我，"你这种人，我们家里不能留。"

心知这场战争的胜利者会是自己，程盼盼也得意地望向我，那表情仿佛在说——你算什么东西？

脑袋嗡嗡作响，无数翻滚着的情绪封闭着我的心脏，却找不到一丝罅隙可以发泄，这让我几近崩溃。

再次抬起头来，眼前的面孔都蒙上了一层灰黑色的雾气，黏稠又腥臭，让我作呕，他们好像来自地狱深处的魔鬼，无声地蚕食着我脆弱不堪的灵魂。

哪里有一个通往光明的出口可以让我逃离这个地方……

我按住发疼的太阳穴，原地寻找着，不远处桌子上那一只只闪亮干净的水杯吸引了我的目光，它们的色彩是那样纯粹无瑕，是那样美好。

好想击碎这一切……

我跟跟跄跄地跑到桌子前，失声大笑，迫不及待地伸出双臂，将那些摆放整齐的杯子全部扫到了地上。

这个简单的动作几乎用尽了我全身的力气，晶莹的玻璃碎片高高飞起，在空中划出优美的线条，耳边响起程盼盼可以刺破耳膜的尖叫。我眼睁睁地望着几块尖锐的玻璃碎片高高弹起，划破了她裸露在外的手臂，殷红的鲜血一点点涌出了伤口。

脑海中的嗡鸣渐渐变弱，我露出一丝满足的微笑，眼前一黑，笔直地向后倒了下去。

6.

陌生又刺鼻的消毒水味道让我从黑色的梦境里清醒过来，只是眼皮好像被沉重的石头压着，没有办法睁开。

"等下她醒来尽量不要给她刺激，正常聊天就好。"

是倪诺的声音。

我艰难地挣扎了几下，可还是没有办法睁开双眼。

"我们知道了，你放心，还有什么需要按时吃的药物吗？"姜幸的声音也随之响起。

"基本没有什么，最重要的是注意情绪，你……如果对我有什么意见私下说好了，不要再发生上次的事。"倪诺淡淡地说。

"我知道了。"这次是向南风。

倪诺又嘱咐了一些细碎的事情，听得出来，他很不放心，却有要紧的事情在身，一切都安排妥当后，他简单地打了个招呼，离开了。

我不知费了多大的力气，额头上满是冷汗，指甲深深掐入肉中，这种深刻的疼痛终于让我清醒了过来。

雪白的天花板映入眼帘，我动了动手指感到一阵轻微的刺痛，随后便发现了挂在身边药水已经剩下不多的吊瓶。

"闻钰，你醒了？感觉怎么样？"姜幸第一个发现我的变化，连忙凑上前来，仔细打量我。

我抿了抿干燥的嘴唇，缓缓摇头："没事。"

"没事就好，少说话多休息吧，一会儿还有一瓶药呢。"姜幸微笑着揉了揉我的头发。

我点头答应，却忍不住朝向南风所在的方向望去。

他坐在不远处的椅子上，脸上满是焦虑，伸长了脖子瞪着我，分明是想要靠近却不敢的样子。

想起他夜里孤独徘徊在路灯下的身影，我心中一软，所有芥蒂都消失不见，轻声说道：“向南风，你也来了？”

听到我叫他的名字，向南风的笑容一下子出现在了脸上，好像他一直都在等我开口一样。

“那个……之前倪诺的事情是我不对。”他适当收敛了一下嘴角上扬的弧度，“是我脾气太差了，不应该说出伤人的话。”

“现在知道道歉啦！”姜幸拍了拍他的脑袋。

“总之闻钰你别再生我气了，这次你也要让我们担心死了，要保重自己的身体啊，毕竟医生说你近期的情况不是很好，各方面都要多注意……”

他的话还没说完，姜幸就吹胡子瞪眼地掐了他一把，并丢给他一个愤怒的眼神。

向南风一惊，连忙住了嘴，却发现已经晚了。

我看着表情尴尬的向南风与姜幸二人，几乎是脱口而出：“你们知道我的病了？”

我难以启齿的秘密，那可悲的心理障碍疾病……

向南风与姜幸，他们二人无论站在那里，是否刻意，每个动作都带着吸引人的光芒，他们是这样的出色，让我望尘莫及。

默默地站在他们之中，我小心地隐藏着自己生命中的污点，拼命地融入这种难得的快乐之中。

可现在……

我木然地望着天花板，一时想哭又想笑。

我知道，他们并不会在乎我的成绩、我的家世，甚至我患有怎样的疾病。

可我在乎。

不敢想象在以后的日子里，他们会带着怎么怜悯的目光望着我，在神采飞扬的青春之中照看我这个随时都会出现状况的病患，低声询问："你还好吧？"

"闻钰，我们没有……"姜幸极其小心的声音在我耳边弱弱地响起。

我猛地闭上眼睛，又开始下意识地排斥一切。

我说："你们走吧，我很累，想休息了。"

7.

我开始排斥身边任何一个想要接近我的人，包括我的母亲。

向南风和姜幸每天都会准时出现在医院，面对我的沉默不语，他们总是装作什么也没有看到，一直喋喋不休地说着学校发生的好玩的事。

很多时候，我都会怀疑，自己是否会溺死在这个永无止境、颜色惨淡的岁月旋涡之中。

我曾不止一次地听到母亲在以为我陷入熟睡的时候哽咽着对向南风和姜幸请求："请你们帮帮闻钰吧，我真的……真的没有办法了，不知道她这样下去会发展成什么样的后果。我恳求你们，也只有你们可以……"

她的声音颤抖又无助，随后开始低声抽泣起来。

我双手紧握着被角，将头埋进充满了消毒水气息的被子里。

有时我真的想再也不要醒过来。

一直睡下去该有多好。

又是一个阳光明媚的午后，想向南风和姜幸准时来到病房，这次二人竟然没有像往日一样说一些有趣的事情，而是直接给我披上了外衣，不由分说地将我拉出了病房。

姜幸按住我挣扎的胳膊，苦口婆心地劝道："每天待在这个无聊的地方太痛苦了，你看天气这么好，出去走走也不错。"

"不。"我几乎是下意识地拒绝。

"这次你说什么也没有用。"姜幸调皮地笑了笑。

向南风也像一个坚定的士兵，扳住我的双肩，二人连拖带拽地把我拉扯到了附近风景优美的公园。

茂密的桐花树下，我和向南风并肩而坐，姜幸则借口去买饮料早就跑得老远。

轻柔的微风带着植物特有的香气拍打着我的脸颊，我眯起眼睛，望着外面这陌生却又温暖的一切，虽然心中厚实的围墙已经有了裂缝，可还有什么在阻碍着它彻底坍塌。

向南风这些日子瘦了，棱角分明的脸从侧面望去有些嶙峋的味道，我几次张开了嘴巴想要询问他的身体状况，却还是什么也没有说出口。

倒是向南风和煦的声音在我的耳边响起："闻钰，你在怕什么？有我们在你的身边，不要怕。"

我没有说话，看着桐花纷纷扬扬从高高的树梢坠落下来。

我动动眼皮，掩面假装困了要休息，拒绝回答他的问题。

我在怕什么？

我在心底问自己。

我怕，你们终有一天会离开我。

我怕，我好不容易触碰到温暖，终有一天会被这温暖推入无尽的黑暗。

第五章 梦中有万千星星

CHAPTER 05

　　"每个人生命中都会有一个专属的位置，你总会把所拥有的一切倾囊相赠，不顾一切，可这样的位置就只有一个而已，第一个人到来，就不会出现第二个，那个人是开始，也是结尾。"

1.

　　很小的时候，在面对父亲那些可怕的巴掌和怒骂时，我曾不止一次地问过母亲，也问过自己——

　　是我做了什么不应该做的事情，所以才受到这样的惩罚吗？

　　母亲疲惫蜡黄的面孔上写满了无奈与愧疚，还有深深的怜悯。

　　她总是会哭着抱住我小小的身子，一遍又一遍地重复："是妈妈的错，都是妈妈的错，放心，以后有妈妈在你的身边，你还害怕什么？"

　　我那时并不懂母亲心中的悲痛，只是在听到了这样的承诺后天真地以为，在母亲的庇护下，我不会再遭到父亲的毒打。

　　可是当那些雨点似的拳头和巴掌再次将我打得遍体鳞伤的时候，我终于明白了。

　　那些说了保护你，却又没有做到的人，或许并不是有意为之，而是他们也感到无能为力。

曾经的母亲，现在的向南风与姜幸，他们都是我生命中不可缺少的重要角色。

但谁又能保证在未来的某一天，会发生连他们也无法预料的事情呢？

母亲满是泪痕的面孔又一次浮现在我的眼前，我疲惫地睁开双眼，终于开口。我说："向南风，在我的身边太久，你也会觉得很累的。"

他没有回答。

寂静之中，只能听到微风吹拂树叶的响动，我仰起头面对着倾洒而下的阳光，却忽然感到温热的气息扑在脸颊上。

我错愕地扭过头，看到向南风的面孔已经不知什么时候靠近到距我不到两厘米的地方。

心跳仿佛骤然停止，我下意识地想要后退，向南风却早有预料般伸出手，用力扣住我的后脑，不顾一切地吻了下去。

嘴唇上传来柔软冰凉的触感，我被这突发的事情完全惊到，甚至连大脑都丧失了思考能力……

这是一个短暂的亲吻。

仅仅持续了几秒钟，向南风就勾起嘴角，将我轻轻地放开。

"闻钰，你相信我。"他黑色的双眸如同夜空中闪耀的星辰，"让我陪在你的身边，什么都不需要害怕。"

他坚定的话语将我从迷茫中唤醒，我猛地站起来，胳膊不受控制地抬起，狠狠抽了向南风一个巴掌！

"你……怎么能……"我的胸口剧烈地起伏，连一句完整的话也说不出口。

向南风有些委屈地捂着脸颊，眼神中却找不到愤怒的情绪，嘴角依旧保持着那样俏皮的弧度："好疼啊……"

嘴唇上那种让我脸红心跳的触感还没有消失，我又好气又好笑地望着像孩子一样撒娇的向南风，刚要开口再说些什么，却看到了站在不远处、手中捧着几瓶绿茶的姜幸。

她好像已经站在那里很久了。

她漆黑的长发随风飘扬，脸上露出一个很淡很淡的笑容。

虽然很淡，却充满了幸福与祝愿的味道。

她好像在说：闻钰，你要快点儿好起来，好吗？

围墙的一角终于开始坍塌。

我浑身的力气好像都消失不见了，失魂落魄地跌坐回桐树下的长椅上，眼泪潸然而下。

或许有些包袱，我早就应该放下了。

2.

在经过那次激烈的争吵后，舅妈已经对我下达了驱逐令，她不允许我继续在他们家中住下去，以免给他们的乖女儿程盼盼带来不良影响。

彼时程盼盼就坐在她母亲的身后，傲气的面孔上满是鄙夷的神色。

我面无表情地收拾好行李，没有告别，没有留恋。

这对我来说是一个很好的消息。

为了让我继续接受更好的治疗，无奈之下母亲只能选择搬家，她在倪诺家附近找到了一间小房子，挑选了一个晴朗的天气，还叫来了向南风、姜幸帮忙。他们二人积极地搬着旧房子中为数不多的东西，吵吵闹闹，大声说笑。

向南风从我的房间里抱出了一只被遗弃很久的熊娃娃，他大笑着向我调侃："没想到闻钰你也喜欢这种毛茸茸的玩具啊？我还以为你的爱好只是听歌呢！哈哈！"

"给我！"我瞪了他一眼，将娃娃抢过来一把塞进了箱子底部。

我不想告诉他们，在忍受父亲的暴力后，我最无助的时候就是抱着这个破旧的娃娃度过冰冷的长夜。

并不是因为我已经长大所以喜新厌旧，而是害怕它勾起我脑海深处的记忆。

可是……

为什么现在看到它的时候，内心竟然是一片难得的平静呢？

姜幸也在一边认真地整理着满箱子的书本，偶尔与我对视的时候，她会露出一个甜甜的笑容来。

很有默契地，我们三个人都不再提起那日桐树下向南风的亲吻，就好像只是一场美好的梦境一样。

更奇怪的是，我已经可以渐渐控制自己狂躁不安的情绪了。

我曾将桐树下的事情一五一十地对倪诺转述，并好奇地喃喃自语："为什么我会感觉好了很多？难道我真的相信他们会一直陪伴在我的身边吗？"

"这是好事情啊！"倪诺眼中的欣喜不是假的，"或许是你已经相信了他们，也或许……哈哈，好人有好报吧！闻钰，你的结局不会太坏。"

结局不会太坏吗？

这样想着，我忍不住抿紧唇角，朝向南风的方向望去。

感受到了我的视线，他毫不掩饰内心的愉悦，献宝一样将满箱子的杂物拖到我的面前："这里有很多东西虽然破了，但重新整理一下还可以变成其他东西呢！像是这个，可以改装成书架；还有这个，挂在墙壁上很好看，不是吗？"

脸颊微微发烫，我竟不忍再逃避他的目光。

"这些东西你都会弄吗？"我摆弄着那些旧物。

"当然！"向南风眉头一扬，满是自豪，"家务也全部由我包揽吧！等新家收拾好了，我给你们做我最拿手的糖醋排骨！"

我忍不住笑了笑："好，我很期待。"

只是没有刻意拒绝就让向南风欢喜得快要飞上了天，或许是看到我对他不再抗拒，他又开始炫耀似的唠叨自己拥有多么出色的家务能力。

"哟，还看不出来，我们的向大少爷还是持家的好男人呢！"路过的姜幸调侃着。

"这种事情我做得多了，已经很熟悉了。"向南风挠了挠头发，"从小我的父母就在国外，所以好多事情都是我自己做。在家务方面，我比你们女生还要出色很多呢！"

"那你干脆去做女生好啦！"姜幸朝他做了一个鬼脸。

随后，我们都忍不住哈哈大笑起来。

在向南风和姜幸的帮助下，东西很快就收拾好装车。我们来到了倪诺家附近的新屋。

看着脏乱的地板。落满灰尘的玻璃，姜幸眉头皱得很紧，第一个撸起了袖子，掐着嗓子说："太脏了！没有办法忍受！窗台和玻璃交给我，其他的你们自行分配！"

说完，她从箱子里找出一块干净的抹布去整理第一个窗台。

向南风也找出了扫帚，他先是没头没脑地在房间里转了转，随后温柔地拍了拍我的肩膀："你就别做什么了，去休息吧，交给我们就行。你唯一的任务就是等我做好吃的糖醋排骨，好好补下身子。"

"什么补身子？我现在好得很。"我抢过他手中的扫帚，"你去做别的吧，这里让我来。"

却没想到一向听从我建议的向南风今天却格外强硬，他再一次从我的手中把扫帚抢过去，危险地眯起眼睛："听话！否则不给你做好吃的了！"

我心中一动，又忍不住笑出声来。

不知什么时候，我竟然可以这样自然地和他相处了。

一个缥缈的想法在心中产生，缓缓浮现，即将成为现实。

我想……或许我可以试着接受他，不是吗？毕竟有向南风陪伴在我身边的时候，我所感受到的就是幸福。

在经过几轮争抢扫帚的战斗后，我终于服输投降，向南风开心地拿着扫帚从角落开始打扫，一时间到处都飞扬着细密的灰尘。

我再也看不下去了，打算浇些清水让地面变得潮湿一些，可刚刚走进卫生间，就听到窗台处传来一声巨大的闷响，同时伴随着姜幸低低的尖叫。

我双手一颤，接好的清水全部洒到了地上，疯了一般朝姜幸所在的窗台跑去。

同样听到了响动的向南风比我先一步赶到，他一个箭步冲到了从窗台上摔下、倒在地上不省人事的姜幸身边，小心地摇晃着她的肩膀。

"怎么了……为什么不醒？"

　　站在半米外的地方，我竟然没有靠近的勇气。

　　"应该是摔到了脑子，有些严重！"向南风担忧地咬着嘴唇，直接把姜幸腾空抱起，大声说道，"快去医院！"

　　3.

　　在赶去医院的路上，我心神不宁地坐在向南风的身边，几乎要将双唇咬出鲜血来。

　　为什么……为什么我会把姜幸一个人留下打扫窗台？那种危险的事情，我应该留在她的身边帮忙啊！

　　向南风一边托着姜幸的脑袋，一边还不忘安慰我："放心，不会有什么太大的事情，你不要自责，现在把姜幸的手机找到，联系一下她的家人，到医院会合。"

　　关键时刻，还是向南风冷静的思维与指挥拯救了我，我没命地点头，手忙脚乱地掏出姜幸的手机，竟然发现，最常和她联系的人竟然是那个许泽君！

　　犹豫了一下，我还是按下了拨通的按键。

　　虽然他为了追求姜幸死缠烂打，但毕竟是青梅竹马，感情也不会太差吧？

　　"喂？是姜幸吗？"思索的工夫，电话已经接通了，许泽君的声音里带着满满的欣喜。

　　来不及和他问好，我言简意赅地说明了现在的状况："我是姜幸的朋友，她现在受伤昏迷，我们正在向医院赶去，希望你也快点儿赶到，好吗？"

　　"什么！"许泽君怒吼一声，"受伤昏迷？是伤到了脑袋吗？哪家医院？"

"和平医院……"我有些疑惑，"你怎么知道伤到了哪里？"

可心急的许泽君并没有回答我的问题，他匆匆挂掉了电话，留给我的只是冰冷的忙音。

我心下疑惑，却也没有多想。此时姜幸的脸色变得越来越苍白，同样没有血色的双唇偶尔轻轻地颤抖一下，好像极其痛苦的样子。

看到这个样子的姜幸，我心痛得几乎无法呼吸，扭过头去，不忍再看。

许泽君的速度竟然比我们要快上很多，当姜幸被医生带走的时候，他已经出现在医院了。

向南风去办理相关手续，留下我和许泽君在一起。他又高又瘦，梳着简单的刺猬头，因为过度的焦急和担忧，双眼周围出现了一圈淡淡的阴影。

他眼睁睁地看着姜幸被推走，眼圈一红，一个高大的男生竟然要掉下眼泪来。

"我就知道，我就知道会这个样子，早就警告过她安安静静待在家里，学校也不要去，可她呢？偏偏不听我的话！如果这次真的出了事，我该怎么办啊……"许泽君双手抱头，崩溃般不停重复。

"你在说什么？"看到这样的他，我不由得一惊，连忙问出口来。

"你问我说什么……难道你不知道吗？"许泽君瞪着通红的双眼，声音沙哑地反问我，"姜幸她患有脑癌啊！就连手术也无法保证是否可以完全治愈，她现在完全就是在拖延时间，明明身体那么差还四处乱跑，现在终于出事了……"

仿佛一道巨雷从天空深处劈下来，我震惊地望着面色灰白的许泽君，半晌才说出话来："你说姜幸患有脑癌？"

"没错，已经很久了，剩下的时间或许不多了……我知道她一直都喜欢那个向南风啊！为什么不去勇敢追求？虽然我喜欢她，可是我也真的希望她在剩下的日子里过得幸福……"

一连串的话还没有说完，许泽君已经控制不住情绪，开始大哭。

我脚下踉跄了几步，终于支撑不住，靠着医院冰冷的墙壁，缓缓滑下。

我记起来了，那时在天台听到向南风表白后的姜幸是那样的不自然，我却没有注意到她落寞的眼神。

原来她一直在承受着如此巨大的痛苦！

每天面对我露出那样美丽的微笑，望着我和向南风走得越来越近，她的心中又是怎样刀割般痛苦？

无法想象，根本不能去想象……

最痛的那个人是姜幸，不是吗？

眼泪夺眶而出，我伸出手来，捂住嘴巴，不让自己发出丁点儿声音来。

姜幸，我该拿你怎么办？

向南风，我们之间，又该怎么办？

4.

在接受了一系列检查之后，医生说姜幸没有太大的事情，休息一下就可以醒过来，可接下来的时间还要继续留院观察。

雪白的病床上，姜幸神色安稳，呼吸也渐渐变得平和起来，只是脸色还很苍白。

许泽君忙里忙外，又买来药物和水果，还反复嘱咐我们姜幸不能食用的东西，一直忙到深夜，才恋恋不舍地离开。

我则好像失了魂一样黯然地靠坐在病房的角落里，远远地凝视着姜幸熟睡的面孔，却怎么也不敢靠近。

"医生都说没事了，你不要担心了。"向南风先是给姜幸掖好了被角，随后自然地坐到了我的身边，"你这个样子也伤到了身体怎么办？"

伤身体……

听到这几个字，我眼皮一跳，心也变得紧绷。

姜幸受到的伤害才是最大的，不是吗？

向南风并没有注意到我情绪的变化，反而安抚地握住了我的双手，继续劝慰："她很快就会醒来，看到你哭丧着脸也会生气的，对不对？"

我怔怔地将目光转移到向南风的手上，同时许泽君的话语在耳边响起——

她一直喜欢那个向南风。

我好像被火烧了一样挣扎着从椅子上站了起来，挣脱了向南风的手。

他的动作还尴尬地停留在那里，勉强露出一个笑容来："闻钰，你怎么了？"他的声音中透着淡淡的疲惫。

我猛地回过神来，狼狈地扭过脸去，小声解释："没、没什么……我还要回家帮我母亲收拾屋子，你照看好姜幸，我改天再来。"

向南风微愣："可是现在还早……"

"我走了。"

不等他说完，我便拿起桌子上的背包，匆匆消失在了姜幸的病房中。

脚下的步伐越来越快，我生怕向南风会追在我的身后，走出医院的时候我才发现，自己不知什么时候已经跑了起来。

我小心地回头，并没有看到向南风的身影，心中不知是失落还是安心。

我想，我应该和向南风继续保持适当的距离。

姜幸既然可以为了我的幸福牺牲自己的感情，那么我又什么不可以呢？

更何况……

脑癌。

想起这两个字，我脑中嗡嗡作响，恐惧侵蚀着我的内心。

为什么那样美丽的姜幸，却没有办法拥有一个完整的人生？

5.

姜幸只在医院住了不到一周的时间就不顾所有的人的反对办理了出院手续。

因为终于摆脱了她口中说的"医院牢笼"，所以姜幸整个人看上去十分开心，她穿着简单的T恤和牛仔裤坐在窗前沐浴阳光，整理着衣物，时不时地抬头向我抱怨这些天的苦闷生活。

"行了，你也别埋怨了，让你多在医院住两天又不会怎么样，还不是为了身体着想？"向南风搭话。

姜幸撇了撇嘴，说道："我才不！医院这么沉闷，住下去我该疯了，对吧，闻钰？"

话题突然落到了我的头上，完全没有心理准备的我只能呆呆地应道："啊？"

"看你那副傻样子！"姜幸哈哈大笑，将背包的拉链拉好，说道，"可以啦！我们走吧！脱离这么晦气的地方，应该吃点儿好东西，嗯，让我想想，火锅怎么样？"

"大小姐，你现在是病号，都听你的。"向南风摊开手。

我也只能忙不迭地点头答应，生怕泄露内心几乎要倾泻而出的悲伤情绪。

我并没有把已经得知姜幸患有脑癌的事说出来，一方面我有些害怕姜幸会大发雷霆，迁怒于许泽君；另一方面，我也理解姜幸的用心良苦。

她是害怕我会担心才隐瞒的吧？

因为心虚，在姜幸的面前我总是故意回避和向南风的接触，私下也只是偶尔简单地闲谈几句，在我的疏离下，向南风分明也察觉到了什么，就连姜幸也开始多加注意我的言行。

"闻钰，最近谢谢你了，为了照顾我，一定都没有休息好吧？连话都变少了。"热气腾腾的鸳鸯锅前，姜幸把几块已经烫熟的牛肉放进我的盘子里，"多奖励你几块肉！"

"是啊，要多吃肉才能长胖。"向南风也抓准了时间，挑了两块更大的给我，"等养肥了，到过年就可以宰掉平分了……"

说完，二人笑得眼泪都要出来了。

为了不破坏此时难得的气氛，我也应景地笑出声来。

可看着姜幸福那张明丽张扬的脸庞，看着她无忧无虑的模样，谁能想到，其实她已经在和死神做最后的斗争了……

然而，身体已经无比糟糕的她还在绞尽脑汁地担心我的身体，让我变得开心起来。

我木然地夹起一块牛肉，放进嘴巴，却味如嚼蜡。

姜幸的食欲很好，甚至不顾我和向南风的反对喝了一瓶水果酒。

一顿饭的时间眨眼就过去了。墨黑色的夜空下，姜幸脸颊微红，她张开双臂，做出拥抱天空的姿势，大声呼喊："不被医院束缚的日子，真快乐啊！"

"闻钰，看到了没？你再这样闷闷不乐下去，可能就要回到姜幸口中说的监狱去了。"向南风面无表情地看着我，语气认真。

我慌忙转过头去，小声嘟囔："我知道。"

他话语中的担忧和无奈，我不是听不出来，可有些事情，我一个人没有办法承受，更没有办法消化……

"好了！今天心情好，你就不要教训我们闻钰了。"姜幸护短地将我揽在怀里，"已经这么晚了，我们先送她回家吧？"

向南风挑了挑眉，算是答应下来，不再针对我。

可是，我心中却空落落一片，像是失去了什么一样。

这样的姜幸，这样的笑容，我还能看多久？

二人一路说笑着将我送回家中，又挥手告别。

我看着他们远去的身影，仍然觉得难受得无法呼吸，我咬牙克制着内心不安的情绪，暗暗告诉自己千万不要失控，不要再让母亲担心……

推开门的一刹那，我挤出一个并不自然的笑容，却看到一个已经好久没有消息的人正安静地坐在沙发上，手捧一杯凉透的奶茶。

听到开门的响动，她飞快地转过头来，双眼中露出欣喜的神色。

"闻钰姐，你回来了？"程盼盼的声音又轻又柔，好像生怕惊扰到了什么一样。

我的表情立刻冷了下来，抿紧嘴唇，一言不发。

她曾对我说过的那些话，我还清楚地记得。

她的背叛，我也没有办法忘记。

被信任的人遗弃，这是世界上再痛苦不过的事情了。

"你……不来坐吗？"已经猜到了我心中想的是什么，程盼盼不好意思地起身，有些愧疚地说，"我知道你不想看到我，我也知道之前我做了很过分的事情，总之……对不起。"

"你今天来就是为了说这些吗？"我收起钥匙，冷冷地转身也倒了一杯奶茶。

"不是。"她双眸一暗，"我是来向你道别的，我转学了，我爸妈也离婚了，我妈说……她受不了我爸的窝囊。"

我的手僵在那里，内心再次出现了一丝裂缝。

"不回来了吗？"我尽量让自己的声音听上去波澜不惊。

"应该是吧，或许以后很难见面了，所以来和你说声再见。"她放下杯子，神色凄然，"你对我很好，我却那样对你……是我的错，希望你不要再讨厌我了，好吗，闻钰姐？"

程盼盼眼巴巴地望向我，双手因为过度紧张而握在了一起。

我猛地转过身去，不去看她的表情，不去看她的双眼……

该原谅她吗？我得不到一个答案。

我背对着程盼盼，可以感受到她充满希望的视线正落在我的身上，这种视线如同针一般，让我坐立难安。

回想起以前，她小猫一样钻进我的被子里，亲昵地蹭着我的胳膊，没完没了地说着她对卢天意的爱，她柔软的双手是温暖的。

那时在舅舅家的生活让我几乎无法忍受，每天只是重复地做着枯燥的事情，小心翼翼地看着他们的脸色行事，也只有程盼盼才是和我最亲近的那个人……

模糊的记忆在脑海中一遍遍回放，我握住杯子的手指也越来越用力。

最终，我还是侧过身，淡淡地望向依旧翘首等待答案的程盼盼。

我说："我从来没有讨厌过你。"

说完，我将杯中的奶茶一饮而尽，然后径直回到了自己的房间中，关紧了房门。

她瘦了很多，想来这些天，她也很不好过吧。

6.

已经收拾整洁的房间，桌子上放着我最喜欢的迷你音响，还有倪诺送给我的那套精致积木。

我先将药物全部服用完毕，沉淀下乱七八糟的心情，然后走向音响，将声音调到合适大小，让它循环播放陈奕迅的那首《积木》。

这是我最喜欢的歌曲之一。

它的旋律虽然比其他歌曲明朗欢快一些，可不知为什么，我总是能从词曲中听出无法言喻的忧伤。

悦耳的音乐在狭小的房间中安静地流淌，我拆开那套漂亮的积木，里面分成了五层，每层中都有不同的色彩和形状，冰凉的质感让人感到无比心安。

灰色的积木被我全部挑了出来，我随意地拼搭着，几首歌曲循环的时间，一座半米高的城堡就出现在了我的面前。

它看起来那样美丽，实际却是那样脆弱。

刚好陈奕迅略微嘶哑的声音反复唱着：

"我们的关系多像积木啊

不堪一击却又千变万化

用尽了心思盖得多像家

下一秒钟也可能倒塌……"

我抚摸着灰色城堡边缘的手指不禁轻轻一颤，一秒钟的时间不到，它们就坍塌零落，狼狈地散落在地上了。

这难道就像是我和向南风现在的关系吗？

无论怎样维系，是否充满了希望与快乐，可总是被复杂错综的原因所扰乱。它是那么经不起触碰，也经不起推敲，只是轻轻一下，就会散落成最初的样子。

更何况……这应该是属于姜幸的幸福。

为了姜幸，我会选择退出。

歌曲到了结尾的部分，我缓缓起身，拿起桌子上的手机，毫不犹豫地找到了向南风的名字。

不可否认，在电话接通听到他声音的那一刻，我的双眼肿胀得难以忍受，险些落泪。

可许泽君满面痛苦的模样出现在我的眼前，他不停地哭泣着、喊叫着：姜幸已经没有多少时间了！

我深吸一口气，闭上双眼，一字一句地说："向南风，你不要再出现在我的面前了。"

电话那端，向南风很快笑得十分夸张："你又在胡说什么？"

"我喜欢倪诺，一直以来喜欢的人都是他。"我咬牙，"所以你的行为让我很讨厌，也让我很苦恼，就算是为了我好，不要再出现了。"

　　然后，我慌忙挂断电话，直接关机，连我自己也弄不清楚，我到底在害怕什么。

　　一想到姜幸，我的心似乎被扔进了翻滚的热油中煎熬着、挣扎着，疼痛不已。这戏剧般变化的人生，到底何时会剧终呢？

第六章 失去后才是永恒
CHAPTER 06

灰色积木

Grey Block

　　"多少人在得与失之间徘徊，迷失了自我，丢失了方向，可又有谁能清清楚楚地知道，并不是所有的东西都要握在手中，就好似流沙，握得越紧，从指缝中逃走得越多，有时，只有失去，才是一种永恒。"

1.

　　我的生活好像又回到了从前那种压抑、昏暗的状态中。

　　自从我在电话中坚定地告诉向南风我喜欢的人是倪诺，让他和我保持最远的距离后，他也重新变成了那个执着的少年，经常可以看到清晨的微光中，暗黄的路灯下，他倔强地站在我家门前，久久徘徊。

　　又是一天清晨，我收拾好了书本安静地去学校，为了躲避向南风，我有意将上学时间提前了一个小时之久，可打开门的一刹那，我还是看到了疲惫却强颜欢笑的他。

　　"闻钰，早。"他淡淡地笑了，黑眸中掠过一丝温暖，"没有吃早饭吧？我这里有三明治，多少吃一点儿，好吗？"

　　我别过头去，装作什么也没有看到，越过他的身边。

　　心隐隐作痛，像是有一只无形的手掌在用力地、反复地揉搓着。

　　向南风，你到底还要坚持多久？这是一段看不见未来的感情，我们是不会有结果的。

"闻钰，你先别这个样子……"向南风焦急地上前抓住我的手腕，"你到底怎么了，为什么不肯和我说话？你知不知道这些天我自己胡乱猜测，真的很无助……"

我眉头微皱，一把甩掉他的手，厉声道："我已经和你说过了，我有喜欢的人！所以请你离我远一点儿！"

"不会的。"他一口否定，"如果你真的喜欢倪诺，那么前些日子你就不会逐渐接纳我了。"

前些日子……

我咬紧双唇，神色落寞地垂下头去。

在那些我逐渐接近向南风的日子中，姜幸也一直陪伴在我的身旁，甚至亲眼看见我们在公园桐树下的亲吻……

我不能想象那时的姜幸有多么心痛，又是用了多大的力气才将心痛全部掩埋，带着笑容去面对我们的。

"向南风……"想起在痛苦中煎熬的姜幸，我沉住气，让声音听上去更加冷淡，"很多话我不想再重复，之前的事情只是你的错觉。算我恳求你，以后不要再打扰我了。"

我收回还停留在半空中的手臂，装作看不到他沉痛的目光，漠然地离开。

每行走一步，痛苦就加重一分，好似走在锋利的刀刃之上。

这一次，他没有再追上来，我能感受到他的目光一直停留在我的身后，过了很久才消失不见。

姜幸重新回到了学校，和以前的她并没有什么不同，我们依旧在下课的时候一起去小卖店、一起写作业、一起吃午饭。

只是身边缺少了向南风的身影。

午休时分，我和姜幸捧着饭盒按照惯例来到天台。想起早上发生的事情，我没有半点儿胃口，简单吃了一点儿米饭就放下筷子，走到不远处吹风。

姜幸担忧地望着我，也放下手中的饭盒，悄悄走到我的身旁："闻钰，你怎么了，是不是身体又不舒服了？"

我苦笑着摇了摇头，半晌才开口回答："我的身体很好，只是有时候觉得……生活正在朝着我意想不到的方向发展。"

"比如……"姜幸揉着额头，望着远方一只在风中摇摇欲坠的风筝。

那风筝此刻多像我们三个。

"比如啊……"我也望着遥远的天空，只轻声吐出三个字，就没有了下文。

到底会发生什么，这是我也不清楚的事情。

只是那种灰色的、几乎让人压抑到窒息的预感像是一道看不清面目的影子，紧紧地跟随在我的身后，驱散不去。

在姜幸的注视下，我长长吐出一口气，动作流利自然地从口袋里掏出一盒香烟，点燃，一片乳白色的烟雾冉冉而起，遮挡住了我们二人的视线。

我说："姜幸，我还记得你当初抽烟的模样，可是香烟这种东西，真的可以去除一切烦恼吗？"

苦涩的气息在空气中蔓延开来，火辣的味道让我几欲落泪。

这是我第一次抽烟，这种感觉并不让我欢喜，却十分难忘。

姜幸震惊地望着我神色悲戚地吞云吐雾，随后愤怒得满脸通红，她一个大步迈上前来，狠狠将我手中燃到一半的香烟打落，大声说道："闻钰！你怎么可以这样伤害自己的身体？"

我默默地望着地上还在挣扎着燃烧的香烟，声音很轻地说："我只是……有很多事情找不到一个发泄的地方而已。"

"你这些天的情绪很不好，到底发生了什么？难道不可以和我说？"姜幸语气稍稍放缓，握住我的双手，"难道你还不相信我吗？"

相信……

听到这两字，我简直想要放声大笑。

在这个世界上，单凭这个简简单单的字眼就可以扭转一切吗？单凭它就可以毫无烦恼和顾忌地倾吐所有烦恼吗？

正是因为生活和未来的变化无常，才会让我感到无比惶恐，已经发生的事情，我无法承受；还没有发生的事情，我不能接受。

前狼后虎，进退两难，我到底应该怎么样？

气氛逐渐变得凝滞，第一次面对姜幸的问题，我选择拒绝回答，只是因为我没有办法说出口来。

"原来……我真的让你很烦恼啊……"身后，向南风苍凉的声音传进我们的耳朵。

我下意识地一愣，转过身去，肩膀轻颤。

向南风的脚步声越来越近，带着难以言喻的沉重，他停在我身后，继续喃喃道："原以为可以解开你心结的人会是我，可现在看来，我真是太高看我自己了。"他低低地笑了，笑声中带着落寞，"好，如果我打扰了你的生活，那么我向你道歉，我也如你所愿。"

"你到底在说什么？"姜幸一头雾水，有些愠怒地训斥他，"向南风，你别添乱，难道现在还不够乱吗？"

向南风怔怔地将目光转向姜幸，突然放声大笑："没错！现在太乱了！我根本不应该出现在这里，我这就离开。"

"你要去哪里？到底发生了什么？"姜幸焦急地追问。

"总之我不会再出现了。"他不再解释，决绝地离开了这个充满了我们三个人回忆的地方。

心中剧烈地一痛，我匆匆回过头去，却只捕捉到了他一个背影，很快连影子也见不到了。

脑海中嗡嗡作响，有个尖锐的声音在反复质问：闻钰，你现在满意了吗？这破碎的关系，是你想要看到的结果？

想哭又想笑，我按住胸口大口地喘着气弯下腰去，却被姜幸不客气地一把拉起。

"你们一定有什么事情瞒着我！告诉我！"

"我不知道……"我恐惧地后退，身子抵到了冰冷的天台栏杆上。

"闻钰，是不是有什么隐情，你们都变得好奇怪，却把我置身事外，我真的没有办法忍受这种感觉……"姜幸的脸上出现了乞求的神色，"告诉我，好不好？"

脑海中的嗡鸣声让我没有办法再思考，我只能拼命地摇着头来驱散这种精神上的极度折磨。

姜幸的手异常滚烫，几乎要灼伤我的皮肤。

她突然放开了我，歪着头打量我许久，淡声道："坚决不说，是吗？"

我倔强地将头埋在双臂中，保持沉默。

一阵冷风吹过，扬起我被汗水打湿的头发。

姜幸离开了。

她只吃了一小半的盒饭和绿茶还留在空旷的天台上，那么亲密地和我的那份摆在一起，好像永远也不会分开。

这真是一种别样的讽刺。

2.

我无论如何也没有想到，向南风口中说的离开竟然会是这样彻底。

他好像消失在了这个世界上，班级里他的座位空了，课桌里面的东西也被收拾得干干净净，不留一丝痕迹，如同他从来没有出现过一样。

我再也看不到那个早晚都带着坚定的信念徘徊在我家门前的他了，昏黄的路灯下再也找不到他的身影。

向南风，偶尔我会在心中默念这三个字。

他真的就这样从我的世界里退出了吗？

向南风的离开可以说是我生活中的一个巨大变故，我需要很多的时间去消化它，接受这个突如其来的事实。

可姜幸和我的关系竟然也发生了巨大的变化。

她开始变得特立独行，经常逃课，和老师吵架，在碰巧和我担忧的目光对视上时，她会淡淡地移开，装作什么也没有看到。

我猛然发现，我们已经好久没有结伴去小卖店买喜欢的绿茶了。

不久前，我以为自己得到了这个世界，所有笼罩在我上方的乌云因为向南风和姜幸的到来渐渐飘远了，他们是阳光，是我生命中的期待。

只是现在，一场狂风暴雨又要来临。

我无法忍受姜幸的冷漠，在思索和犹豫很久后，我还是认为很有必要去和她谈一谈。

我不想就这样莫名其妙地失去她。

天台、公园……我寻找了很多我们三人经常出现的地方，都没有发现最近总是莫名消失的姜幸，那一刻，恐惧的藤蔓将我紧紧缠绕，用力地拖向无底深渊。

最终还是在学校的篮球场上找到了姜幸孤单瘦弱的身影，她漆黑的长发被尽数挽起，露出光洁的额头，手中那个脏兮兮的篮球弹来弹去，她好像孩子一样在后面不知疲倦地追逐。

"姜幸！"在旁边看了很久，我还是叫出了口。

她投篮的动作僵在那里，却很快听出了是我的声音，继续甩动手腕，篮球在半空中掠过，遗憾地碰到了篮板的边缘。

她并没有应声。

"姜幸，你……最近怎么总是逃课？我来看看你，别运动了，我们一起去买绿茶好吗？"我勉强露出一个笑容来，想像平日一样挽起她的胳膊说说笑笑，可手臂刚刚抬起，就被她一个淡漠的眼神冷冻了。

"我不需要，你自己去吧。"

"之前的事情是我不对，我不应该用那样的态度对你，你不要生我的气，好吗？"我强忍着心中翻江倒海的苦涩，继续柔声说。

却听到姜幸一声冷笑，她砰的一声将手中的篮球砸到我的脚边，终于转过身来直视我。

她双眼中有一种很明亮的东西，让我下意识地想要抗拒。

"你真的以为我闹情绪是因为你的态度吗？闻钰，你的心思明明那么缜密，可为什么总是到了关键时刻就变得迟钝起来？"

"你在说什么……"我的笑容变得更加苍白。

"向南风对你的感情，你以为我看不出来？"她直接进入话题，"你对向南风的感情，我同样也可以看出来！而他为什么离开，我也知道！闻钰，我们千方百计想要让你开心起来，走出曾经的阴霾，向南风更是想尽了办法。而你呢？你只是因为自己那可恶的病就将他轻易推开！你在意过他心中的感受吗？"

从来没有听到过姜幸用这样的语气和我说话，我一时慌了，语无伦次地解释："我并不是……因为我的病……"

"那是为什么？"姜幸咄咄逼人，"我们三个可以很好地在一起，我和向南风会永远陪伴在你的身边，这还不够吗？"她的声音越来越大，飘散在风中，"闻钰，你的这种行为，让我看不起！"

她激烈的话语在耳边不停回响，我难以置信地瞪大眼睛，喉咙中好像有一把火在猛烈燃烧。

都是我的错吗？

造成这一切结果的人都是我吗？

"姜幸，你说……你看不起我，那么，你就没有什么事情隐瞒我吗？"我的声音嘶哑得可怕。

姜幸被我突变的神色吓了一跳，可她很快恢复过来，高声反问："我隐瞒了你什么？"

"你自己清楚！还需要我说出来？"

"闻钰，你不要再闹了，这种忽冷忽热的情绪到底为了什么？如果我有什么地方让你感到不愉快，你大可以说出口来！"她的眼中也开始燃烧起愤怒的火焰，"你说啊！我隐瞒了什么！全都说出来！"

残阳如血，滴落在沉闷的空气中，化作一片无形的血色雾气。

我的脑海中满是她质问的声音、她怒气冲天的面孔，好像这些马上就会变成可以吃人的野兽，将我活生生地吞进嘴巴，咽进肚子。

该怎么回答？戳开姜幸的伤口，理直气壮地质问她为什么不将自己的病情告知于我，为什么不将对向南风的感情公之于众？

不可以，就算是刀子架在脖子上，这些话我也不能说出口！

可到底该怎么办？

我无助地四处张望，却发现身边没有一个可以帮助我的人，再没有了向南风和煦温暖的眼神……

又来了，无处发泄的沉重感在心中滚雪球一样越来越大，我按住疼痛至极的太阳穴，来不及去想其他，抬腿狠狠踢在脚边无辜的篮球上。

我只顾着让自己的情绪得到释放，完全忘了姜幸还站在我的面前，更没有想到飞起的篮球会直直砸在姜幸的头上。

那一刻，天昏地暗。

眼看着姜幸倒在了地上，我眼前一黑，好像呼吸和心跳都停止了。我惊慌失措地看着那个一动不动躺着的身影，好半天才从嘶哑的喉咙里发出尖叫，急忙冲过去。

我都做了什么？

我对姜幸做了什么？

在明知道她的大脑已经受到深度危害的情况下还带给她伤害吗？

闻钰，你真是个让人痛恨至极的坏蛋！

3.

又一次来到了姜幸口中的"牢笼"——医院，在颤抖着和医生说明了情况后，姜幸被簇拥着推进了病房中接受仔细的检查，我则蜷在走廊冰冷的椅子上动也不动。

我像一只受到了惊吓的兔子，不敢去听房间里医生讨论的内容，甚至不敢起身去看一眼重度昏迷的姜幸。

到底要怎么做才能弥补我的过错？

我又有什么脸去面对那个阳光明媚的女孩？

也不知过了多久，医生进进出出和我说了什么话我完全没有听清，最后还是匆匆赶来的许泽君摇醒了陷入噩梦中的我。

"姜幸怎么样？"他急切地发问。

我只觉得也没有脸面去见他，只能嗫嚅着回答："还在昏迷中，你、你进去吧，我不敢……"

许泽君疑惑地瞥了我一眼，或许是发觉了我情绪的怪异，并没有继续问，而是点了点头走进了病房中。

我的灵魂好像已经脱离了身体，漫无目的地在这个充满了死亡气息的地方游荡。

有没有办法让姜幸活下去？

如果可以，我希望她长久地存在于这个世界，我宁肯和她来一次公平的竞争，也不愿意看着她离开我的世界……

许泽君说过，她一直不肯手术，是因为害怕还是有什么其他原因？

如同溺水之人终于抓到了救命的稻草，我认真地思考着这个问题，正要起身找医生了解的时候，一直无比安静的病房中突然传来了玻璃碎裂的声音。

姜幸醒了？

我猛地从椅子上跳起来，刚要迈进病房，却又像是被什么阻挡一样，僵硬地停在了门前。

因为我听到了姜幸暴怒的、野兽一样的怒吼："许泽君，你凭什么把我的事情全都告诉闻钰！你征求过我的意见吗？"

随后又是一声巨响，是椅子被踢倒了。

许泽君弱弱地解释："我当时也只是不小心才说出口的……"

"不小心？闻钰的身体本来就不好，知道了这些事情后她一定会担心！"她狂怒的声音染上一丝忧伤，"我是个快要死的人了，怎么样都无所谓，可是闻钰不一样！我现在终于明白闻钰为什么会突然拒绝向南风……原来都是因为我！她不敢接受向南风是因为我，她不敢去追求幸福是顾忌我，都是我！是我！是我毁了她的一切！"

门内，姜幸歇斯底里地大喊大叫；门外，我咬着拳头堵住呜咽，不敢发出一点儿声音。

"你并没有……"许泽君也开始哽咽，"都是我的错，姜幸，你别这个样子，你快点儿休息吧……"

听着时而争吵时而平息的声音，我的泪水疯狂落下，逼迫自己不要去看里面，哪怕一眼都不行。

因为我怕情绪会再次失控，我会再次变成那个讨厌的自己……

双腿像灌了铅一样沉重，我无力的手死死按住墙壁，先是一瘸一拐地朝离开的方向走去，随后不知是什么力量的支撑，我竟然飞快地奔跑了起来。

逃离这个地方！

这样好的姜幸，我该拿她怎么办？就算是我的任性导致她回到这个牢笼般的医院，她睁开眼睛的第一件事却是为我担心，连一句责怪我的话都没有说出口。

她处处为我考虑，甚至拱手让出自己的幸福，可我呢？除了让她担忧，让她烦心，让她脆弱的身体再次受到伤害，我还能做些什么？

阴沉的天空不知什么时候被更多从远处飘来的黑色云朵覆盖，不多时，细密的雨点倾泻而下，打湿我的衣衫，和满脸的泪水混杂在了一起。

我脚下的步伐时快时慢，浑浑噩噩地走回家时，浑身已经湿透了。

母亲还在厨房中忙碌，听到开门的声音，她不经意地回过头来，却看到了失魂落魄的我，手中的勺子掉在地上，发出刺耳的响声。

"闻钰！你怎么淋雨了？"她急忙找到一条毛巾擦拭着我滴水的头发，"快去换一件干净的衣服，否则会感冒的！"

我一言不发，任由母亲摆弄，好像一只断线的木偶。

"闻钰？"很快发现了我情绪的异常，母亲先是一愣，随后心疼地将我一把揽进怀里，低声问道，"是不是发生什么事情了？别怕，别难过，妈妈在这里……"

熟悉的感觉包裹了整个身体，淡淡的洗衣粉香气，还有花朵般馨香的味道……

那是只属于我的母亲的、独一无二的气息。

我克制着因为淋雨而抖动的手臂，双手环住母亲的背，气若游丝地发问："妈，我今天晚上和你一起睡好不好？"

4.

和母亲相拥睡在一张床上，在我的记忆中，好像已经是既久远又模糊的事情了。

并不是说我们母女二人的感情多么浅淡，只是每天她都有数不完的事要忙碌，我也只是沉默地守在自己狭小的房间中，反复听着陈奕迅的音乐直到深夜，偶尔会在某个夜晚看到母亲疲惫却强颜欢笑的脸，我更加不忍心去打扰。

可今天，我却十分想念她温暖的怀抱。

床头的灯光调到了适合的强度，盖好被子，母亲用带着厚茧的手掌拍打着我的背，嘴里哼出安逸的摇篮曲。

她像呵护着一个尚在襁褓中的脆弱婴儿。

我蜷缩在她的怀中，混乱的情绪在她的呼吸中得到了缓解。

"妈，你说在这个世界上，感情这种东西是不可以勉强的，对不对？"我轻声问。

"当然了。"母亲笑着回答，手指捋顺我耳边的碎发，"很多东西都可以勉强，唯独感情是不可以的。这种东西啊，需要真心换真心，否则只能得到最糟糕的结果……"

"有时候，我会有一种未来没有了希望的感觉。"我盯着昏暗的灯光，喃喃开口，"我努力想看清以后的日子，可如今发生的一切让我无所适从。"

"傻孩子，怎么会？"她讶然，"还没有发生的事情就不要妄加猜测，如果武断地下了定论，认为所有的事情都会朝最坏的方向发展，那么双脚就会不由自主地走向那条道路，再也没有办法挽回了。"

"可是……到底要怎么办？"我盯着窗外孤单寂寥的夜色，仿佛不久前那个少年，正执着卑微地站在夜色中，只为等待我一个回眸。

可是，那样的日子似乎一去不复返了。

未来的好与坏我自然无从选择，却总是时不时地感到仿佛有一块磁力强大的铁块吸引着我的思绪，让我做好了承受一切极坏结果的准备。

这种事情，没有办法控制，不是吗？

"是你还未遇到能让你鼓起勇气面对一切的人。"母亲抚摸着我的头发，

"不要担心，那个人总会到来的，你现在等不到，只是时候还没到呢……"

我紧绷的身体终于放松下来，在母亲温柔的呓语中，眼泪夺眶而出。

这是和平日里不同的泪水，没有心痛，没有那种撕心裂肺的悲哀，只是平静地流泪，那些在心中无处奔逃的情绪终于在母亲的怀抱里得到了释放。

我懂了，无论怎样，母亲的怀抱永远都是我最坚实的港湾，也是无可取代的后盾。

我抓紧母亲的手，温热的泪水打湿了我们二人交错的手指。

那个人……到底会是谁？

霎时，向南风干净的面孔浮现在了我的眼前，他那样静静地望着我，好像有千言万语，却怎么也说不出口来。

会是他吗？

可我们注定已经错过了，再也回不去了。

面对我异常的情绪，母亲并不追问，她只是时而拍打着我的背，时而帮我掖好被角，低低地哼唱着熟悉的曲调。

在这样难得的温馨氛围中，我渐渐进入睡眠状态，却被一阵突兀的手机铃声惊醒。

我昏昏沉沉地起身，摸索着终于找到了手机，却被上面那个从未见过的陌生号码惊得愣在了那里。

不知为什么，虽然没有见过这种应该不属于国内的号码，我平淡的心却忽地泛起了涟漪。

或许……

我知道这个人是谁……

向南风曾经说过，他的父母都远居国外，那么他的突然消失会不会是选择了逃离到那里呢？

强压下心中的波澜，我清了清嗓子，按下了接听键。

果然，那让我几乎再次流泪的熟悉声音出现在了电话的另一端，远隔千山万水。

向南风轻声问候："闻钰，你最近还好吗？"

这样简单的一句话，就好像我们真的是多年不见的老友，平平淡淡地聊天、慰问。

可是我要怎样回答他？是违心而冷漠地说没有他的日子一片平和，还是释放内心的苦涩，倾诉衷肠？

沉默半晌，我空白的大脑下达了错误的指令，竟然脱口而出："你……和姜幸联系过吗？"

听到这样的问题，向南风沉重地叹着气，话语中带着些许无奈："我是担心你才打来这个电话，为什么要和我说姜幸？"

他有些逃避的口吻又让我记起了姜幸苍白的面孔和她的忍痛退让，心中自责的潮水疯狂地涌来。

如果可以，我宁愿成为那个退出的人。

我咬紧牙关，继续说道："向南风，其实有一件事我一直瞒着你，现在你也有知道的权利，姜幸她患有脑癌，剩下的时间或许不多了，她喜欢的人是你，你为什么不去试着接受她？"

向南风微怒："可你明知道我喜欢的是……"

"不管是谁，我都希望你可以和姜幸在一起。"我飞快地打断了他的话，"毕竟你们十分相配，为什么不试着去接受她呢？"

"闻钰，不要说了！"他沉痛地反驳道，"你不知道你真的很残忍吗？"

"知道！"我的声音坚定又漠然。

就算知道又会怎么样？

很多事情明明知道答案，知道自己心中所选择的方向，却因为现实的阻碍，要逆风而行！

就像母亲所说，或许真的是时机未到吧，属于我的那个人还没有来临，但我坚信，向南风一定要陪伴在姜幸的身旁！

向南风似乎被我的冷淡噎到，他喘着粗气，很久都没有再开口说一个字。

正当我忍受不住这种煎熬想要率先挂断电话的时候，他终于开口，声音沙哑地说："好，如果这是你想要的，我会承受这一切。"

"闻钰，这一辈子说长也不是很长，说短也并不短，在我看来，只要遇到了能让我心动、让我不顾一切去保护的那个人，就会一直坚持下去，可你却拼命将我推向其他人的世界。"

我仰着头闭上双眼，不让眼泪落下来。

"只是我的选择，你不要再干涉。"向南风的语气变得坚定起来，"我会赌，哪怕赌上这一辈子，也要得到你的答案！"

说完，电话被他匆匆挂断，只留下仓促的忙音。

我僵硬地握着手机，站在窗前，只觉得浑身的力气都被抽走，只要动一下，就会立刻瘫倒在地。

身后的灯光那样淡，那样温暖，像是一层朦胧的薄纱，罩住整个房间，也照亮我心中那道仿佛永远都不会愈合的伤疤。

它正在渗出殷红的鲜血，缓缓滴落。

5.

最近倪诺忙完了压在身上的重担，终于腾出了不少时间和我聊天说笑，甚至为了让我的心情更加放松一些，提出了去海边玩耍的建议。

"海边的风景和空气对你身体的恢复有很大的好处。"他这样说道。

我下意识地想要拒绝，可想起让我无言以对的姜幸，想起倔强到让我无可奈何的向南风，我突然感到无法呼吸。

或许出去吹风散心是个不错的选择，可以让我暂时远离这些无法解决的烦恼。

想到这里，我微笑着答应下来。

而倪诺显然也是心情很好，立刻收拾好了东西就带着我朝附近的海边进发。

带着咸腥气息的海风扑打在脸上，我赤脚在沙滩上行走着，感受脚下细密的海沙，嘴角露出一丝放松的微笑。

"怎么样，还不错吧？"倪诺拿着两只已经充好气的泳圈，对我眨了眨眼，"我心情不好的时候就喜欢来到海边，游泳啦，吃烧烤啦，总是很快就能开心起来。"

我忍不住调侃："你也有心情不好的时候？"

他故作委屈地皱起眉头："我也是正常的人类啊！好了，不说这个，我带你去游泳，记住抓好泳圈！"

因为心情豁然开朗，倪诺提出的任何建议我竟然都没有丁点儿反感，而是一口答应下来，随手接过一只蓝色的泳圈，也向蔚蓝的大海奔去。

在海水中的倪诺完全没有了平日里的翩翩风度，快活得像个十几岁的孩子，他灵活地在我的面前游来游去，还时不时扬起水花打在我的脸上。

我也不甘示弱地拍打着水面，一面回击，一面发问："你平时是自己一个人来吗？"

倪诺抹了一把脸上的水："是啊，其实很多时候没有其他人的打扰更自在些呢！"

的确是这样。

没有外人的束缚，安安静静地感受时光的流逝也算是人生的一大乐趣。

我笑了笑，身子向后仰去，靠在泳圈上自由浮动，却突然感觉到了一阵异样，身下的泳圈在以肉眼可见的速度飞快干瘪下去。

我慌张地直起身子，双手下意识地按向水面，短短几秒的时间，泳圈竟然变成了一片无用的塑料，而失去了它的支撑，我的双腿在咸涩的海水中胡乱蹬踹，却抗拒不住大海的力量，向下沉去。

是泳圈被什么刺穿了吗？

我慌乱地寻找着倪诺的身影，发现他早已游到了远处，只能看到时沉时浮的脑袋。

"倪诺！"我发出了一声尖锐的叫喊，然后海水将我彻底淹没。

那一刻，我真的以为自己会死在这片茫茫的大海之中。

好在倪诺听到了我缥缈的呼救，我最后看到的是他飞快地向我的方向游来，表情是从未有过的焦急。

海水模糊了我的视线，因为慌张和无助，我完全忘记了屏住呼吸，大口大口的海水呛到我头脑发晕。

终于赶到我身边的倪诺用力托起我的身子，没命地带着我朝沙滩游去。

"闻钰！清醒点儿！把呛进去的海水都吐出来！"他大声吼叫。

可简简单单的一句话传入我的耳中却变成了模糊的发音。

"不要乱动！"他按住我发抖的胳膊，将我的缓缓放在沙滩上，开始用力按压胸腔。

我眯起眼睛，望着眼前广阔而湛蓝的天空，意识时而清醒时而模糊，终于狠狠地咳了起来，大口大口吐出海水。

见我终于有了反应，倪诺也长舒了口气，脸色却因为过度惊慌而变得无比苍白。

"没事了，没事了……"他像是在安慰我，更像是在安慰自己，"躺在这里好好休息一下，放松心情……"

"我感觉还好，你表情不要那么严肃。"我虚弱地露出一个笑容来，伸手无力地拍了拍他的肩。

可倪诺抿紧嘴唇，双眼通红。

他双手抱头，不停地呢喃："我真的以为……你会就这样……我好像看到了……那时候……"

我震惊地抬起头来，望着动作和话语都有些失控的倪诺，看着他好像完全变成了另外一个人。

"你看到了什么？"我不由得问道。

倪诺牙齿咬咯咯响，他疯了一般撕扯着自己的头发，无论我怎样劝阻都无济于事，他这种骇然的情绪直到过了很久才平息。

"闻钰，我从来没和你说过，我曾经有过一个妹妹吧。"他松开抱住头的双手，终于开口。

我摇了摇头，和倪诺相处了这么久，我几乎从没听他提过一点儿家人的事情。

既然他用了"曾经"二字，难道是说，现在已经不在了吗？

"也是这样的季节，她说心情不好，我带她来海边游泳，在我去买烧烤的时候，她溺水了，没有救活……"他双眼泛红，险些掉下泪水，"我很久都没有走出这段恐怖的阴影，多少个日夜里，我脑海里都是她溺在海水中痛苦地向我呼救的样子，我却无能为力……"

面对这样的倪诺，我不知道该怎样安慰，他是一名出色的心理医生，如果自己都没有办法从这片阴霾中脱离，那我又能起到什么作用？

"我还以为，同样的事情会在你的身上发生……闻钰，如果你真的出了什么事，我也没有活下去的勇气了……"

我连忙伸出手覆在他冰凉的手背上，轻声安慰："我不是好好的在这里吗？何况我刚刚所在地方的海水也不是很深，不会有什么事的……虽然、虽然我也以为真的会再也回不来……"

我的声音渐渐弱了下去。

我不想再说下去，在失去意识的那一瞬间，我脑海中居然浮现出了向南风和姜幸的身影。

倪诺就是倪诺，心理素质的强大让我望尘莫及，他意识到了我语气中的失落，很快恢复了往日的平和，湿润的双手反握住我的手腕。

他的眼神在告诉我：别害怕，有我在。

我怔怔地望着这样的倪诺，这样的眼神，他的模样竟然和桐树下的向南风渐渐重叠。

"倪诺……"我双手疲惫地捂住脸颊，声音也变得艰涩，"这段时间，发生了很多的事情……"

6.

沙滩附近的一家咖啡厅中，倪诺细心地为我点了温热的巧克力奶茶，还有许多甜美诱人的糕点，自己轻啜一杯清淡的绿茶。

在他温和目光的注视下，我断断续续地说出了我们三人之间的纠葛、我内心的迷茫与无助，还有对向南风卑微的感情。

"我一直都在思虑，我的做法到底是对是错，姜幸是那么骄傲的女孩子，她不能接受我在感情方面对她的施舍，这些我都知道……可是，她的时间不多了，我该拿什么来回馈她？我该怎么办？"

眼泪落下，砸在雕刻着精致花纹的玻璃桌上，不多时就干涸了，找不到任何踪影。

倪诺疼惜地拿出手绢放在我的手中："闻钰，相信不只是姜幸，世界上的每一个人，都无法接受感情方面的施舍，无论这份施舍是来自仇人、家人，还是最好的朋友。"

"可我又能怎样？"手死死握住杯子，我满眼泪水，"我甚至不知道该怎么去面对她，怎么面对向南风，更不知道该怎样面对自己的内心……"

如果这一切都没有发生该多好！

我有时还会想，我没有认识姜幸，她一直是那个骄傲张扬的少女，她会在篮球场上和向南风相识，二人惺惺相惜，早晚会走到一起，拥有一个圆满的结局。

就是因为我的存在，这一切的发展才偏离了轨道。

这些想法在我的脑海中拥挤着、叫嚣着，马上就要爆炸，我心神不宁地拿起杯子，却险些将里面的奶茶全部洒掉。

下一秒，我被温柔地拥进一个充满了青草味道的怀抱中。

倪诺轻轻垂下头，双眸温柔似水，柔软的嘴唇恍若天使的羽毛，印在了我的额头上。

"给我一个机会。"他几近乞求地开口，"我一直以为，在我的心中，你是妹妹一样的存在，可直到刚刚……我险些失去你，那种心痛和茫然让我顿时清醒过来。闻钰，我爱你，你已经成为我生命中不可或缺的人，我了解你的伤痛，我会在你的身边一直陪伴你，解决你所有的烦恼，好吗？"

这番突如其来的表白让我整个人都愣在那里，怀疑自己还在梦中没有醒来。

倪诺竟然说……他爱我？

他明明知道我的心已经朝着想南风走远，明明知道我对向南风复杂的感情，还可以这样毫无芥蒂地接受我？

可又是什么力量，让我的双手失去了动力去推开倪诺的双臂，将他拒之千里？

"你是认真的吗？"慌乱之下，我只能这样问道。

"我不会对你说谎。"他坚定地回答，"永远都不会。"

"就算是我对向南风……"

"我不在乎这些，闻钰，我只要你可以开心，可以幸福！"他的双臂收紧，"我有这样的能力，更有这样的资格。"

奶茶甜腻的香气、糕点的芬芳、倪诺平静的呼吸……周围的一切融合在一起，组成了一个柔软华丽的囚笼，让我失去挣扎的力量，逐渐迷失在里面，只想安逸地闭上双眼，就这样永远睡去。

终于，我也伸出双手抱住倪诺，给他回应。

这样就可以了吧？

向南风，人如其名，真的就好像我生命中一阵难以捉摸的风，我没有办法抓住他，只能苦苦追寻，却无法拥抱。

与其每天忍受这样的痛苦，那么放手，才是最好的选择。

至少，我还有倪诺在身边，不是吗？

第七章 那年的风声渐远

CHAPTER 07

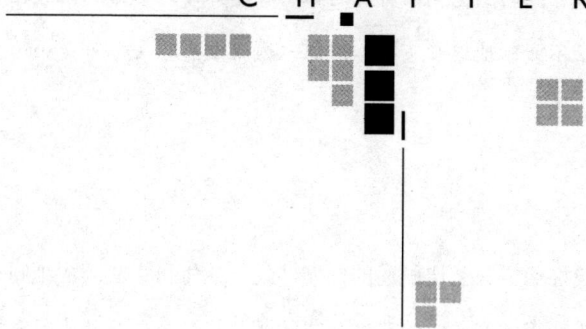

灰色积木

Grey Block

"相聚还可以找回曾经的感觉吗？所有的秘密都赤裸裸地暴露在光天化日之下，所有的谎言也恬不知耻地继续下去，好像永远都没有尽头。可是……想见他一面啊，一面就好。"

1.

在倪诺的身边，我好像一只无比脆弱的玻璃娃娃，他每日小心翼翼地呵护着我，和我聊天，放陈奕迅的音乐，给我做美味的饭菜，甚至总是找来稀奇古怪的东西逗我开心。

不可否认，和他在一起是快乐的，那种轻松愉悦的感觉，从任何人的身上都没有办法找到。

我好似一个贪图安逸生活的金丝雀，享受着倪诺带给我的一切——清晨的吻、夜晚的问候，还有他温暖的双手。

只是偶尔记起向南风，心中就好像出现了一个巨大的黑洞，里面是那么的虚无和暗淡。

这种患得患失的心情，在某天收到一条姜幸的短信后，彻底停止了。

上面只有简简单单几个字，是一贯姜幸说话的风格——

"向南风回来了，就在医院。"

看着发亮的手机屏幕，我的手指骤然缩紧。

他回来了？他真的回来了？

我思绪飘忽，输入了很多字又慌乱地删除，如此反反复复，过了很久，手机再次发出嘀的一声，是姜幸的第二条短信。

"闻钰，快点儿过来！我们三个好久没有聚在一起了！"

我心烦意乱地在房间里踱步，好像有什么阻碍着我，却又好像有什么同时吸引着我，让我举棋不定。

相聚还可以找回曾经的感觉吗？

所有的秘密都赤裸裸地暴露在光天化日之下，所有的谎言也恬不知耻地继续下去，好像永远都没有尽头。

可是……想见他一面啊，一面就好。

听听他的声音，问问他的近况，好像普通朋友一样，我们三人坐在凉风习习的天台，我微笑着看着他们两个举着筷子，争夺对方的西红柿和绿茶。

这个想法一旦出现，就一发不可收拾，我再也抑制不住这种思念，一把抓起手机，向医院的方向跑去。

姜幸的身体状况已经好了很多，只是在她父母和医生的命令下还是不可以逃出医院这个沉闷的牢笼。

在我赶到医院的时候，她正盘腿坐在病床上，秀眉紧蹙，摆弄着一个看起来极其复杂的拼图。

而向南风……

我手指抠住已经掉了漆的门边，指甲几乎都要掐进去。

他瘦了，双眼不复曾经那般明亮，笼罩着一层淡淡的阴影，很难再从里面找到那个明朗少年的影子。

有些发白的嘴唇微微抿起，他面带笑容地注视着姜幸，从身边的大袋子里拿出很多东西："这些都是我从国外带回来的……哎，你不要光玩那个拼图，这个娃娃也很好啊！"

姜幸不耐烦地挥了挥手："我玩什么娃娃！你带了这么多东西回来也就拼图有点儿意思。"

向南风干笑道："那还真是不好意思了。"

姜幸挑了挑眉，刚要开口说什么，余光却突然发现了站在门前、神色复杂的我，与此同时，向南风也朝这个方向望来。

记忆中想象过千百遍的重逢原来是这个样子。

我不理会播鼓般狂乱跳动的心，露出一个淡然的微笑，大步走进病房，挥了挥手，语调轻快地说："我来啦。"

"你也知道来？就等你了！我都快无聊死了！"姜幸的神色瞬间恢复自然，一把将已经拼好了大半的拼图推到一边，"有没有给我带好吃的东西？这些天在医院每天都吃白粥、燕麦的，我的味觉都要失灵了……"

"你现在不可以胡乱吃东西吧？"我皱起眉头，不去看向南风深沉的双眼。

"啊——少吃点儿也没关系。"她耸了耸肩，一副满不在乎的模样。

我责备地瞥了姜幸一眼，飞快地环视了整个病房，最后选择了距离向南风较远的位置坐下来。

倪诺的话好像还在耳边，他说感情方面的事情，谁也不允许怜悯和施舍，可在姜幸的面前，我总是下意识地想要远离向南风，让我们之间的关系显得越淡越好。

向南风黑色的双眸中，一丝心痛一闪而过，他僵硬地转过身去，继续整理袋子里的东西。

接下来的时间里，我们三人谁也没有开口说话。

确切地说，没有人知道应该说些什么。

向南风从我的口中得知了姜幸的病情和对他的感情，姜幸已经看透了我和向南风疏远的关系感到自责，我也徘徊在感情的旋涡中无可自拔。

我悲哀地抿起嘴角，望着姜幸苍白而美丽的脸庞。

果然，我们三个再也回不去了……

我尴尬地坐在角落里，绞尽脑汁想要寻找一个可以活跃气氛的话题。

该聊什么？聊向南风在国外的生活？这难道不是活生生地又揭开了一道血淋淋的伤疤吗？

就在我坐立难安，甚至打算要从这个沉闷的病房离开的时候，一直在出神的姜幸突然轻快地开口："我们逃出医院去吃火锅好不好？"

听似轻轻松松的一句话，却惊得我和向南风从椅子上跳了起来，异口同声地质问："你疯了吗？"

"哈哈哈！看你们两个的表情！笑死我了！"姜幸捂着肚子大笑起来，"再沉默下去，我都要怀疑你们变成僵尸了！"

我微微一怔，随后明白过来，那是她为了缓和气氛随口说出的玩笑。

"臭丫头，心眼真坏……"向南风也是一愣，随后紧绷的表情松懈下来。

"我连心眼都变坏了？唉，看来在你们心中我真是没有什么地位了，太让我伤心了……"姜幸装出一副委屈的模样，还伸出手来揉着眼睛擦眼泪，"真是人老不中用啊……"

"胡言乱语什么！"向南风大为头疼，嘴角的笑容却没有改变。

我也重新缓缓坐了回去，好笑地瞪着姜幸，半天说不出话来。

她一定是看出了我和向南风之间的僵硬和顾虑吧……

就连这种时候，她都在细心地为我考虑吗？

我闻钰何德何能，值得姜幸对我这样好啊……

为了不让重新活跃的气氛再次沉寂下去，姜幸又开始喋喋不休地说起了这些天发生的事情，还软磨硬泡地哀求我和向南风将她带出去吃火锅尝个鲜，但被我们黑着脸拒绝，她干脆放软声音撒娇，连连装出可怜的表情。

看着这样的姜幸，我的心中五味陈杂，却不知道该怎么办才好，只能强打起精神来和她说笑，也尽量自然地同向南风进行交谈。

在愉快的话题中，护士拿着三瓶药水走进来，细心解释："病人需要休息，你们明天再来探望好不好？"

我们齐刷刷闭上了嘴巴，都听话地点了点头。

"明天来记得给我带好吃的啊！"姜幸笑得阳光灿烂，想扭动身子搞怪，奈何一只胳膊已经被医生按在了那里，只能挤眉弄眼。

我和向南风无奈地频频点头，让她安静下来。

天边最后一丝太阳的光芒也已经尽数消失，一片深蓝占据了整个天空，可以模糊地看到远方有一轮皎白的弯月散发出柔和的光晕。

我和向南风走在一起，相对无言，气氛霎时又变得凝固起来。

"最近……还好吧？"无法忍受这种让人窒息的沉默，我终于干巴巴地问出口来。

向南风好像被吓了一跳，半天才回过神来："还、还好吧……"

同样干巴巴的回答。

几只飞蛾在路灯下拍打着翅膀，发出轻微的响声。

我们都默然地盯着那几只飞蛾，好像真的被它们的滑稽模样吸引了一样。

"我送你回家吧？天已经黑了。"向南风再次突兀地开口。

我连连摆手，小声回答："不用了，倪诺在不远处等我。"

听到倪诺的名字，向南风的眉头跳了跳，"哦"了一声，再没有说话。

我继续说："我们……在一起了。"

就连我自己也搞不明白，为什么会亲口将自己和倪诺的关系告诉向南风。

他得知了又有什么用呢？放弃那份坚持，转而投向姜幸的怀抱？

不，这是不可能的。在感情方面，向南风的自尊远比其他人要高出许多。

我态度强硬地拒绝了向南风想要送我回家的提议。

他也在得知了我和倪诺在一起的消息后不再要求什么，只是淡淡嘱咐了几句，就转身朝另一个方向走去。

我没有回头，也没有像从前一样无数次看着他的身影消失在我的视线之中。

其实前方并没有倪诺在等待。

我需要一个人走走，让夜晚清凉的风吹醒我沉睡的理智。

耳旁鼻尖还是熟悉的夜晚凉风，可那年的风声，似乎已经渐行渐远了。

2.

在接下来的几天里，我都会和向南风准时去医院探望姜幸。

面对我们的时候，她的脸上总是带着明媚的笑容，也夸张地说着那些不知道从哪里看来的笑话，逗得我们忍俊不禁。

可在大笑的时候，我心中的悲哀却愈发浓郁，因为我知道，在姜幸的心中，其实隐藏着怎样的痛苦。

每次见到姜幸的笑靥，我都会下意识地在我和向南风之间建起一道坚实的围墙。

我们就这样越行越远。

姜幸午睡的时间，我漫无目的地在医院中散步，以缓和多日压抑的情绪，却在走到不远处的公园时，看到了正满面疲惫地半卧在草坪上沐浴阳光的向南风。他瘦了很多，我再也找不到那个阳光少年的影子了。

适当的距离，向南风静静地凝视着我，而我的双脚也仿佛在地上扎根发芽，我没有视而不见，也没有转身离开。

只见他抬起手来，朝我的方向轻轻晃了晃。

他在示意我走过去吗？

我咬了咬牙，还是抬脚走了过去，安静地坐在了他的身边。

"姜幸睡了？"他眯起双眼。

"嗯，刚睡下，说是醒了再吃饭。"

"哦——"他若有所思地点了点头，"她最近的状态好像还可以，希望可以一直保持下去。"

我望着碧绿青翠的草地，不知该做出怎样的回应。

他是在勉强寻找可以聊天的话题吗？

我伸出手捏起一片光滑的叶子，在手里焦躁地反复揉搓，直到满目都是那种让我心烦意乱的绿色后，我身子一动，刚想起身离开，却听到向南风的声音再次响起。

他说："闻钰，那你呢？你又怎么样？"

听着他认真的语气，我突然有一种很不好的预感，只能明知故问："我也很好。"

"是吗？"他牵强地勾起嘴角，"其实有一个问题我一直都想知道答案，在你的心中，我和倪诺分别都是怎样的存在呢？"

已经破碎不堪的绿叶被我紧紧一握，彻底成了细密的碎末。

我的脸上浮起一层悲哀的神色，慌忙转过头去，不想被向南风捕捉到。

他还是没有放弃吗？

这是个看似平凡，事实上却无比尖锐的问题，我认真思索了半晌后，斟酌着回答："倪诺他……是个很温暖的人，在他的身边我感到很踏实，没有什么烦恼，可是说是很开心吧。"

"哦，是这样。"他没什么情绪地应着，"那我呢？"

"你啊……"我长长地叹了一口气，苦笑着仰望天边飘浮不定的云朵，

灰色积木

Grey Block

"向南风，你对我来说，是个很飘忽的存在。你看——"我伸出手，指着其中一片白云，"有时好像很近，有时却又很远，当我觉得可以伸手触碰你的时候，我们其实还有很远的距离呢……"

我的声音渐渐变得比蚊子叫还小。

向南风怔怔地凝视着那朵忽远忽近的白云，木然地几次张口，又闭上。

半晌，他淡声微笑："我明白了，比起可以给你安定感的倪诺，我才是那个真正让你心烦的家伙吧？"

"并不是这样。"我立刻反驳，"只是有很多原因……连我们都没有办法掌控。"

毕竟面对未曾到来的命运，我们都是那样的渺小而无助，只能鼓起勇气去抵抗，希望事情会朝最好的方向发展。

向南风的神色一直极其平淡，没有过大的起伏，好像只是在听我讲述一个其他人的故事一样。

"姜幸的病情我已经询问过医生了，如果不做手术，那么她剩下的时间，真的不多了。"他高高举起手来，去捕捉那虚无温暖的阳光，"生命是珍贵的，姜幸作为我重要的朋友，我当然希望她可以一直活下去，我会努力劝她接受手术，至少给她自己，也给我们所有人一个希望。"

"可是手术成功率……"我急切地开口。

还记得许泽君曾经说过，姜幸之所以不接受手术是因为她完全了解其中的风险，与其赌上一场看不见光明的折磨，还不如尽情享受最后的时光。

"我知道，我已经都知道了。"向南风打断我，声音中满是坚定与苦涩，

"可这也是她唯一活下去的机会，不是吗？"

我顿时无言以对。

是啊，只有这个危险的方法才可以让姜幸有活下去的希望。

我是多么希望她可以一直陪伴在我的身边……

"然后，只要等姜幸接受了那场手术，我会给你一个彻彻底底的答案。"向南风转过头来，强硬地望着我的双眼，里面满是破碎的浮光，"我会做一个真正的了结。"

我腾地从草地上站起来，手足无措地望着向南风，几乎想要立刻从他的面前逃开，却听到身后一个清凉的声音响起。

"我不需要再等了，我马上就接受手术。"

是姜幸！

我和向南风都震惊地回过头去，发现不知道什么时候，她已经站在了身后的回廊里，漆黑的长发垂至腰间，苍白的脸上挂着那抹我熟悉的、只属于姜幸的笑容。

最骄傲的笑。

那笑容那么明亮，刺得我的心微微疼痛。

姜幸，她其实什么都懂。

3.

姜幸的决定仓促又坚决，她甚至不再听从任何一个人的意见——包括那些已经暴跳如雷的医生。

先是姜幸的父母急匆匆赶来医院，那个和姜幸相似的中年女人简直哭成了泪人，险些要跪在姜幸面前哀哀恳求："我们再从长考虑好不好？或许还有别的办法？"

可得到的却是姜幸果断的拒绝："我要手术！最快的时间内！"

姜幸的父亲神色疲倦地站在门口，好像连走进去的勇气都没有，仿佛下一刻就会失去面前这个活泼得像小太阳一样的女儿。

看着乱成一团的病房，我眼中满是酸涩的泪水，好想上前去紧紧拥抱住这个倔强的女孩。

我知道，她做出这样的决定，都是因为我和向南风。

我们三人已经彻底融入了对方的生活，留下不可磨灭的痕迹，无论这样的痕迹是好是坏，我们能做的，只能是去接受它。

现在我只能拼命祈祷姜幸的手术可以成功，如果这个愿望能够实现，我愿意付出任何代价！

病房中的哭泣声在姜幸的安慰下渐渐小了下去，双眼发红的姜幸父母无可奈何只能答应了女儿的要求，跟在医生的身后去了解更多应该注意的事项。

姜幸傲然坐在雪白的病床上，脸庞上的笑容没有丝毫改变，她干净的目光落在我和向南风的身上，笑道："你们干吗都这样看着我？好像我决定做手术是件很恐怖的事情一样。"

"姜幸，你不必这个样子……"向南风艰难地开口，"不要这样匆忙，还有很多问题都在考虑之内……"

"又有什么区别呢？"姜幸摇着头，"我自己的病情只有我最清楚，像你说的，最重要的事情是要活下去，难道你们对我都没有信心吗？"

说完，她垂下头去，摆弄那个向南风送给她的巨大拼图。

向南风深知姜幸的秉性，再三犹豫，千言万语只化作一声沉重的叹息。

而我呢？我还能说些什么？

姜幸所有的决定都是为了我，现在竟然还赌上了自己的生命。

"你们也不要担心准备不充分。"姜幸一边拿起一块拼图的碎片，一边轻声安慰，"手术定在三个月后，我的医生会好好安排的，所以我也并不害怕。在这三个月的时间里，我要穿最漂亮的衣服，吃最好吃的东西，和你们再一起去最好玩的地方，然后——"她的声音忽地变大，"闻钰，让我们来一场公平的竞争，怎么样？"

我被"竞争"二字噎得说不出话来，只能傻傻地瞪着眼睛，也不知过了多久才找回神志。

姜幸所说的竞争，一定就是向南风吧？

我小心翼翼地转头去观察向南风的反应，只见他原本被阴影覆盖的双眸中竟然出现了明亮的光辉，也目光炯炯地凝视着我，仿佛所有人都在等待着我的回答。

是啊……我们都期盼姜幸可以活下去……

如果真的可以，那么来一场竞争又有何不可呢？

原来，她的感情里，是真的容不下一丝忍让与怜悯的。

想到这里，好像有一块巨大的石头终于踏实落地，我上前紧紧抱住姜幸的肩膀，用力点头。

我说："好，都听你的，我们一定会公平竞争！"

4.

姜幸好像一只终于逃脱了牢笼的蝴蝶，每天接受完严苛的治疗后都会在衣柜前发呆好久，挑选出色彩靓丽的衣裙，再细细化上精致的淡妆，想尽办法逃脱父母的监管，偷偷溜出医院。

向南风也重新办理了手续回到学校，和我一起投入紧张的考试准备之中。

放学过后，姜幸神秘兮兮地捧着一个巨大的袋子将我和向南风堵在了教室门口，扬了扬下巴，高声道："走！去天台！给你们看好东西！"

这个丫头一向古灵精怪，对于她提出的意见，我和向南风都表露出了浓厚的兴趣，先是取来了天台的钥匙，随后我们三人迫不及待地朝天台的方向奔去。

袋子鼓鼓囊囊的，被姜幸宝贝似的抱着，直到把天台的门锁严实，她才蹲坐在地上，将里面的东西一件件拉扯了出来。

有几罐冰凉的啤酒、几瓶我们喜欢喝的绿茶、几样精致诱人的小菜，还有……大把大把的烟火！

她竟然弄来了烟火！

"怎么样？我很厉害吧？"看着我和向南风目瞪口呆的样子，她更加得意，"刚刚路过的时候看到路边有卖就买了。我已经很久没有玩这种东西啦，你们是不是也很怀念？"

"又不是过年，怎么买了这么多……"向南风虽然抱怨着，却还是拿起来饶有兴趣地观察着。

"呵！不喜欢就别碰啊！我和闻钰玩！"姜幸瞪了他一眼，打开了三罐啤酒，"来，先吃点儿东西，我快饿死了！"

"你可以喝酒吗？还是只吃东西吧。"我担忧地在她身旁坐下。

姜幸抬手一挥："没问题！我已经了解过了，只喝一罐没什么的。"

"说好只一罐，不要耍赖皮。"向南风板起脸来，也接过一罐啤酒。

酒精的香气在天台弥漫开来，姜幸不停地抱怨着在医院的生活多么苦闷无聊，多么期待三个月后的手术，很快一罐啤酒就见了底，眨眼的工夫向南风也已经喝下了两罐。

"好啦，肚子也饱了，正戏要开始了！"姜幸双眼发亮，迫不及待地起身拿起一支烟火，"可以吧？"

或许是因为喝了酒，我嘴角的笑容怎么也收不住，甚至上前去抢过向南风手中的一支烟火，大声说："一起放！"

"对，一起！"姜幸笑眯眯地回应。

"你们都是小孩子吧？"向南风摇着头，眼中也带着明亮的笑意，他细心地从口袋里拿出打火机逐个将我们手中的烟火点燃。

"砰——"

绚丽的色彩喷薄而出，在高空中绽放出耀眼的花朵来，交相辉映，映在我们的瞳孔中。

暗沉的天空仿佛也被这样的色彩点燃，就连月亮与星星都黯然失色。

我兴奋得双颊绯红，转过头去，看到姜幸与向南风二人紧握着手中的烟火，踮起脚，想要接近那些美丽得近乎虚幻的色彩。

心也因为此刻的感动而剧烈地跳动，我几乎要落下泪来。

多么希望时间可以永远停留在这一刻，停留在这样的烟火之下，照亮我们看不清方向的未来。

可灾难总是在最幸福的时刻降临。

正当我昂首仰望这片绚烂的星空时，口袋里疯狂响起的手机打破了这一刻的美好，倪诺的名字出现在屏幕上。

我颤抖着接通了电话，却听到了一个陌生又焦急的声音："你是倪诺的女朋友吗？快点儿到医院来！他出事了！"

5.

人来人往的医院里，我不顾狂乱的心跳和疲惫的身躯，疯狂地朝倪诺所在的办公室跑去。

不允许，也不想身边的任何人再发生什么事情了！

远远就可以看到他的办公室前已经围满了身份不同的人——穿着白大褂的医生、表情愤怒的家属、满脸看热闹表情的病患和路人……

我伸出双手推开拥挤的人群，寻找着倪诺的身影，却发现他正坐在房间最中央的一把椅子上，额头上有一个狰狞的伤口，刺眼的鲜血正缓缓流出，染红了半边脸。

可他的神色异常平静，仿佛什么事也没有发生一样。

"倪诺……"我的声音都变得颤抖起来，"你怎么了？"

听到我的声音，他平淡的表情上终于出现了一丝变化："你怎么来了？"

"啊，她是你女朋友吧？我刚给她打的电话，你这个样子要有人照顾啊！"站在他身边的一位戴眼镜的中年医生挤眉弄眼地说。

倪诺瞟了他一眼，无奈地叹了口气，再次转向我，柔和地说道："我没事，受了点儿轻伤。事情也差不多解决了，你还跑来做什么？"

"你都这个样子了还说没事？逞强也要有个限度！"我难得对倪诺发了脾气，"到底发生了什么？"

倪诺刚刚开口，那个眼镜医生又抢着回答："有个男孩治疗不成功就……自杀了，家里人情绪很激动，来这里大闹了很久，倪诺上前去调解被他们失手伤到了。"他不满地撇了撇嘴，"这些人真是太冲动了……"

"你少说几句吧。"倪诺连忙打断他，"这不都已经结束了吗？"

"好好好，你和你的小女友恩爱去吧。"眼镜医生摊开手，不怀好意地笑了笑。

我无心听他们的争吵，心思都放在了倪诺的伤口上，眼见着鲜血越来越多，我急切地发问："药水和纱布在哪里？"

倪诺一愣："对面的抽屉里。闻钰，你回去吧，真的没事……"

"你闭嘴！"我冒出一句怒吼，倪诺瞬间什么都不敢说了。

眼镜医生幸灾乐祸地朝倪诺比画了一个好笑的手势，便转身离开，将那些堵在门前的人都驱散，砰地将门关上，只留下我们两个人。

我挑选出合适的药水和纱布，用棉签蘸上药水在他伤口周围小心处理，因为紧张和担忧，我的手在剧烈地发抖，很多次都涂抹到了脸颊和额头。

倪诺安静地凝视着我，嘴角一直带着一抹满足的微笑。

他在我的耳边轻声说："闻钰，你担心我，对不对？"

我死死地咬住嘴唇，眼泪终于噼里啪啦地落了下来："我怎么可能不担心你！为什么不好好保护自己？这次是幸运只受了皮外伤，要是一个不小心有了生命危险怎么办？你如果真的出了事，我要怎么办……"

泪水止不住地落下，我手上的动作再也无法继续，只默默坐在那里流泪。

没有人知道我心中的慌乱，在听到"倪诺出事了"那一刻，我好像坠入了不见底的深渊。

就连我也不清楚，他到底对有多重要……

"好啦，我不是活蹦乱跳的吗？"倪诺叹了一口气，脸上的笑容却更深，"其实也不能怪那些家属，那个孩子的状况一直都不乐观，虽然我们已经尽力，可他还是没有走出自己所营造的黑暗世界，亲属眼睁睁看着家人离去，又怎么会不激动？"

"那你就随意让他们出气？你是小孩子吗？"我继续愤怒地反驳。

"都是我的错，是我不对，不要再生气了。"倪诺连忙打住话题，向我靠近一些，竟然像孩子似的撒娇，"还不快点儿帮我处理伤口？真的很疼。"

我紧握的双手动了动，没好气地瞪了他许久，还是再次拿起面前，继续清理伤口。

"以后……不要再让我担心了……"我强忍着双眼的酸痛肿胀，不让眼泪继续落下，"倪诺，我不能失去你。"

倪诺温柔的目光长久地停留在我的身上，那双会说话的眼睛，成为我心中永远无法忘记的东西。

半晌，他轻声回答："好，我一定。"

6.

处理完倪诺的伤口后，外面已经黑到伸手不见五指，连人影都很难见到几个，虽然我一再拒绝，但他还是将我送到了家门前，在路灯下俯身亲吻了我的额头。

我因为他受伤而愤怒的心情也终于平静下来，细细碎碎地嘱咐了几句，倒说得他笑出声来："傻丫头，到底我们谁是医生？"

我涨红了脸，推了他的肩膀一把，转身走回家中。

让我感到诧异的是，家中的灯光还亮着，平日里这个时候母亲会因为疲惫早早上床休息，而今天的晚归我也打电话告知了母亲，难道她又找到了什么兼职？

因为害怕母亲的身体由于过度疲惫受到损害，刚刚将门关好我就去寻找母亲的身影，却发现她安静地坐在沙发上，手中握着一些我从来没有见过的药膏。

"回来了？倪诺怎么样？"她抬起头来微笑。

我的目光却定在她的手上不动了。

我尽量让自己的声音听上去平淡一些，可还是发出了细碎的颤抖。

我说："妈，你的腿怎么了？"

听到这样的问题后，母亲的脸色变得有些苍白，她勉强笑了笑，无所谓地回答："浴室的地有些滑，不小心摔倒了，没什么大事。"

我继续克制："是因为这个原因才没有关灯吗？严重到路都没有办法走了吗？"

"闻钰……"母亲有些乞求地望着我，"真的没事，我已经上了药，现在感觉好多了。"

我屏住呼吸，挪开目光不忍去看母亲苍老的面孔和受伤的腿，更是不忍心再责备什么，只能上前将她慢慢扶起，很快地开口要求："既然受了伤明天就不要去上班了，我也会在家中照顾你。"说着，我打断了要张口拒绝的母亲，"妈，我知道你就是在害怕这个，我不会同意的，无论怎么样，都要在家把腿养好了再出门！"

"我真的没……"

"家务都交给我，你就在房间里睡觉吧。"我坚定地说道，"难道你想让我难受吗？"

最后这一句话才是最具有说服力的，母亲猛然闭上了嘴巴，虽然带着不甘的神色，却也不再争论了。

安顿好母亲，我面无表情地关上她房间的门，走回自己的卧房，打开音乐，听着悲伤的歌曲，心中所有的恐惧与哀伤都得到了释放。

我紧紧抓住被子的一角，将头埋在枕头中，低声呜咽。

我无法忍受身边任何人受到伤害，哪怕是一点点都不可以。

可是我的力量这么弱小，我要怎么样才能保护他们，保护这些我生命中至关重要的人呢？

7.

为了让母亲安心在家休养，我向学校请了一个星期的假照顾她，每天她看着我忙碌的身影和不容抗拒的眼神，她有些焦急，企图说服我放心，然后去工厂工作。

可我无论如何也不会同意。

早中晚准备好饭菜、洗好衣服、将家中整理干净，剩余的时间我都待在母亲的身边和她聊天，预习功课，背着枯燥的英语单词。

久而久之，她终于在我无声的坚持下妥协，安心在家休养，也不会插手任何家务。

我想，母亲是明白我心中的愤怒与担忧的吧。

这种日子过去四天后，我迎来了第一位探望病号母亲的客人——倪诺。

他并没有事先告诉我，更没有让我做好准备，午饭的香气刚刚在狭小的房间中弥漫开来，我就听到了一阵极轻的敲门声。

我手忙脚乱地扣上了险些扑出来的汤锅匆匆赶到门前，就看到了额头上还缠着纱布、手中提着大包东西的倪诺。

"你怎么来了？"我好半天都没回过神来，小声问道。

倪诺一脸无辜："我怎么不能来？我来探望伯母啊，还带了很多药……啊，好香啊，我还没有吃饭……"

说着，他小心地从我的身边走过，径直走进了屋子中。

"喂，你……"

　　我不满地抗议，手中拿着汤勺傻傻地站在门前，看着他先将手中的东西全都放下，随后动作自然地撸起袖子查看了锅中的菜，切了葱姜蒜放进去，又加了些调味料，最后才风度翩翩地去向我的母亲问好。

　　"这不是倪诺吗？"看到他，母亲显然也非常欣喜，连忙坐直了身子，拍了拍床边的位置，"到这里来坐。"

　　"伯母，我听闻钰说您腿受伤了就来看看。"他毫不客气地坐过去，伸手取来那些袋子，"我给您带了点儿效果很不错的中药，还有补品和水果。"

　　"好孩子，你太客气了。"母亲激动得有些语无伦次，"啊，还没吃饭吧？家里饭刚刚做好，一起吃怎么样？"

　　倪诺眉头一挑，促狭地回过头来，看着站在房门前瞪大眼睛的我，调皮地抿嘴一笑："好啊！"

　　我彻底僵住。

　　母亲和倪诺还在亲密地交谈着什么，完全把我当作了透明人置身事外，我甚至怀疑他们是不是预谋已久，把我耍着玩的时候，敲门的声音再次响起。

　　我头脑嗡嗡作响地过去开门，迎来了今天家中的第二位客人。

　　这是我想破头也认为他不可能出现的人。

　　向南风。

　　他有些羞赧地站在门前，目光低垂："那个……你这些天没来上课我有些担心就来看看，没发生什么事吧？"

　　话音刚落，他的目光僵住了。

　　倪诺正斜斜地靠在门边，目光意味深长。

整个世界顿时天昏地暗，我恨不得找个地缝快点儿钻进去，来躲避这尴尬的场景。

老天爷，你也在逗我玩吗？

因为向南风曾经在搬家的时候出过不少力，母亲对这个明朗的少年也很有好感，在简单交谈了一番后也提出了"留下来吃饭"的建议，自己则以"身体不舒服"为理由，干脆躲在房间里不出来了。

餐厅的桌子上摆好了并不算丰盛的饭菜，这些味道平淡的家常菜在倪诺的手下竟然变得秀色可餐起来，我先是盛好了三碗米饭端到他们的面前，结结巴巴地说："东、东西也不是特别好，你们凑合吃吧……"

倪诺微微一笑，并没有多说什么，率先拿起筷子将一块鱼肉夹进了我的碗里，有着同样动作的向南风晚了一步，只能不自然地缩回手。

"咳！"我一口饭卡在了喉咙里，拼命地咳了起来。

向南风连忙倒了一杯水，推到了我的面前。

我反而更加喝不下去了。

因为余光中我发现，平日里处变不惊的倪诺脸色明显变得难看起来。

向南风一直垂着头，只吃着碗中的白米饭，倪诺偶尔还会玩笑似的抱怨一句"菜太咸"或"葱放少了"，可气氛并没有因此而活跃起来，反而变得更加沉闷。

最终还是我没有办法忍受，随便端起眼前的一盘菜，匆忙地解释："我去看看我妈……"便飞一般地离开了餐厅，不敢回头去看一眼。

他们谁也没有阻拦，只是手中的动作都微微一顿，可等我在母亲的房间里鼓起勇气打算冲上战场的时候，却发现餐厅里的两个人都已经离开了。

剩下的菜被覆上了保鲜膜，放进冰箱，碗筷也洗得干干净净。

这是他们两个一起做的吗？

试着去想象气氛古怪的二人并肩站在一起做家务的样子，我不由得冒出一身冷汗，却又隐隐觉得有些好笑。

他们两个……都是在闹脾气吗？

我不由得笑着摇了摇头，刚要转身离开，却发现桌子上有一张白色的字条，工工整整地放在最中央的位置。

"鱼里不要再放辣椒。"

上面龙飞凤舞地写着八个字，后面还带着一个飞扬的笑脸表情。

我却不知道这是谁留下的。

第八章 过往无法再温存

CHAPTER 08

灰色积木

Grey Block

"豆大的雨点拍打着窗户，发出扰人心神的响声。我伸出手来，想要揭开那层薄薄的白布，想要再看一看姜幸的面孔，想要再看一看她抿起嘴角、笑着叫我的名字。可手指却停留在她身体的上方，最后还是滑落到身侧。我转身向外面走去，好像离开这个冰冷的、死气沉沉的地方，姜幸就能回来。我终究没有勇气接受这个事实。"

1.

时光总是在不经意间溜走，沉闷又无趣的备战，日复一日地上下学，在这样平凡又普通的日子里，向南风、姜幸，还有倪诺是我灰色生活中唯一一抹亮丽的色彩。

姜幸总是以最活泼的状态面对我们，好像对即将发生的一切都满不在乎，任由它去。

可不管怎样，她手术的那一天还是来临了。

考试前一个月，姜幸在那个阴雨绵绵的惨淡雨天中迎来了我们既担忧又期待的手术，她平静地换上了病服，接受了一系列的程序后被推向了手术室。万籁俱寂中，她伸出手来，比画了一个暂停的手势。

我和向南风都明白，她有话要说。

我紧靠在倪诺的身边，脚步不稳，几次险些摔倒，踉踉跄跄终于走到了姜幸的身前，俯下身去，连灵魂都在颤抖。

她的脸上却依旧带着我们熟悉的、活泼明媚的笑容。

充满了消毒水气息的手指温柔地抚摸着我的脸颊，她的目光从我的身上转移到向南风的身上，轻声说："你们要好好等我，等我从那个冰冷漆黑的屋子里出来，我们的日子又会回到以前啦。"

我强忍住即将夺眶而出的泪水，哽咽道："我们等着！一定等着！"

"闻钰，你考试要加油，考上满意的学校，然后我会好好努力学习，不调皮不玩闹，争取跟上你的脚步，去有你所在的任何地方……或者，嘿嘿，和向南风在一个地方，说不定我们的关系还能领先一步呢！"

"臭丫头，我们不是说好了公平竞争吗？"我强挤出笑容来，装作愤怒地骂道。

"好好，公平竞争。"她微微闭上双眼，叹息似的长舒一口气，"很快啊……所有的痛苦就都结束了。"

向南风一直站在我们的身边，脸色铁青，不说一个字。

可我分明也看到了他灰黑的双眸中那晶莹的泪水。

姜幸的父母随后上前哭着嘱咐着什么，最后是匆匆赶到的许泽君，他双唇发青，猛地扑到姜幸的面前，一把握住她的手。

"你会还记得我吗？"他一字一句地问道。

姜幸沉默良久，再次睁开双眼，却是一片澄净。

她好像许下誓言一般，同样握紧了许泽君的手，语气是从来没有过的温柔："我最亲爱的泽哥哥，我怎么会忘记你呢？"

许泽君的喉咙里发出一声呜咽，泪水猛然落下。

几名已经准备完毕的医生走上前来，把姜幸推走，我不由自主地跟在她的身后，望着那双美丽的眼睛一点点地合上，最终隔绝在那扇冰冷的铁门后。

"手术中"三个红色的字在牌子上亮起。

倪诺将我揽在怀中，力度之大，几乎让我无法呼吸。

向南风好像木偶一样站在手术室的门前，身边是相依而靠的姜幸父母。

许泽君则躲在最阴暗不起眼的角落里，看不清神色。

"姜幸一定会没事的，是吗？"我缩在倪诺温暖的臂弯中，一遍又一遍地问。

倪诺每次都会坚定地点头，轻拍着我的头。

可是……又是什么让我如此不安呢？

不知过了多久，窗外的雨越来越大，刺眼的闪电划破天空，照亮暗沉的走廊，手术室的大门被猛地推开，走出了两名满头汗水、表情十分难看的医生。

我脚下一软，险些摔倒在地。

还是倪诺镇定得许多，连忙扶住我上前，低声询问："情况怎么样？"

"不是很好，出现了一点儿问题。"医生沾满了鲜血的双手交叉放在胸前，"肿瘤长在一个十分危险的位置，我们要很小心才不碰触到周围重要的神经，而且我们也是刚刚才发现，有一小部分已经扩散到了其他地方……"

医生的话还没有说完，姜幸的母亲已经晕倒在地，不省人事。

我眼前一黑，几乎也支撑不住，耳边只能听到医生沉重的声音："我们会尽力的，具体状况还要看接下来会怎么样。"

说完，他点了点头，转身离开。

"别担心，闻钰。"倪诺低声安慰我，"不要放弃希望，上帝不会放弃姜幸这样美好的孩子，不是吗？"

我已经完全失去了意识，只是拼命地摇头，再摇头。

现在能做的，就只有等待了。

手术期间，姜幸的母亲虚弱地醒来，整个人好像弄丢了三魂六魄，只是动也不动地盯着手术室紧闭的大门，直到上面红色的灯熄灭，她的眼珠才木然地动了动，随后像弹簧一样跳了起来。

医生相继从里面走了出来，我不敢抬头去看，甚至不敢去听……

"对不起，我们已经尽力了。"

"轰隆"一声，窗外雷声大作，仿佛在宣告一个生命的结束。

"手术的前半段还是非常顺利的，可是之后发生了我们无法预料的状况，其肿瘤恶化的程度是没有办法想象的，很抱歉告知各位这个噩耗，总之……请你们节哀。"

说完，几人深深鞠躬，见惯了生死的脸上看不出悲喜，转而去处理剩下的事情。

我在倪诺的怀中瑟瑟发抖，紧咬的嘴唇已经流出了鲜血，却感受不到丁点儿疼痛。

消失了，什么都消失了……

无论是姜幸母亲的哭号声，许泽君双膝跪地的沉重响声，还有向南风那悠长的、仿佛刀剑一样刺进我心中的叹息。

姜幸的尸体在几名医生的簇拥下被推了出来，我只能看到她被白布遮盖的身体，还有散落出来的几缕黑色发丝。

前不久她还微笑着握住我的手，告诉我她会和我去同一个地方，和我公平竞争，我们还要一起逛街、放烟火、喝啤酒。

现在她就停止了呼吸吗？

"倪诺……"我一把推开他，目光游离，"你骗了我，你为什么要骗我？"

"你不是告诉我上帝舍不得带走姜幸吗？为什么她还是离开了？"

"连你都欺骗我，呵呵……"

"闻钰！"倪诺沉痛地低吼出声，再次把我揽入怀中，却又被我一把挣脱开来。

豆大的雨点拍打着窗户，发出扰人心神的响声。我伸出手来，想要揭开那层薄薄的白布，想要再看一看姜幸的面孔，想要再看一看她抿起嘴角、笑着叫我的名字。

可手指却停留在她身体的上方，最后还是滑落到身侧。我转身向外面走去，好像离开这个冰冷死气沉沉的地方，姜幸就能回来。

我终究没有勇气接受这个事实。

2.

姜幸走后的一个星期，持续下雨，天空乌云密布，让人透不过气来。

这个世界好像也在以这种方式来与这个美好的女孩告别。

我在家中收到了姜幸葬礼的邀请，握着冰凉的手机，看着窗外细密的雨丝，我只觉得自己好像被封在一个没有缝隙的塑料袋里，空气是如此的稀薄，我在里面无声地看着时间的流逝，一点点窒息。

我面无表情地起身，在衣柜里找到黑色的衣裤，动作僵硬地穿好，镜子里自己的脸也带着死人般的苍白。

倪诺也穿着一身黑色的西装，手中撑伞，站在门前等待。

如果没有他的陪伴，我一定没有办法迈进葬礼的场所。

姜幸的葬礼被安排在不远处一座安静的教堂里，我们都希望这个生前是那样明媚的少女可以走进天堂，她会变成最纯洁的天使，干净的双眸藏在云朵之上，俯视着这些牵肠挂肚亲人好友。

倪诺一直紧紧握着我的手，生怕我情绪失控。可我只是坐在厅堂的后面，无声地望着眼前的一切。

姜幸的父亲头发几乎全白了，他脸上泪痕犹在，对着女儿黑白的遗像发呆；姜母神色涣散，已经接近疯狂的边缘，双眼肿得好像两只核桃。

砰的一声巨响，门被狠狠撞开。

许泽君浑身酒气、跌跌撞撞地走了进来，他身上悲伤绝望的气息让我感到疯狂，我慌忙别过头去，调整紊乱的呼吸。

他无神的目光落在姜幸的照片上，迈开大步走去，最后"扑通"一声跪在那里，双手捂住脸，剧烈地哭泣着，撕心裂肺的哭声响彻了整个教堂。

还有向南风，他身上裹着黑色的风衣，犹如暗夜里缓步行来的死神。

他坐在教堂的另一端，眸中满是忧伤与凄凉，只出神地望着顶端的彩色琉璃瓦片，安静得仿佛不存在一样。

我收回目光，将头靠在倪诺的肩上，觉得疲惫万分。

"闻钰，你哭一哭，好吗？"他在我耳边劝道。

我缓缓摇头，却没有回答。

"姜幸不希望看到你这个样子的……"他顿了顿，还是决定继续说下去，"她在另一个世界会担心的。"

听了这样的话，我的眼珠终于转了转，可还是没有什么情绪的波动。

最重要的是，我根本哭不出来。

难道我要像他们大声哭号，生无可恋吗？

"这些都是我的错吗，倪诺？"我的声音很轻，因为许久没有说话，声音显得有些嘶哑，"如果没有我，姜幸就不会离开这个世界了，对不对？"

"不……你不要把责任揽到自己的身上。"倪诺注视着我，"姜幸有她的选择，或许这是必将承受的结果，不是任何人的过错。"

一滴眼泪滚落，带着滚烫的温度砸在我的手背上。

"真的不是吗？姜幸会不会怪我……"我双手扯住倪诺的衣衫，声音也颤抖得厉害，"我明明是她最好的朋友却没有给她带来幸福，她离开前都还在想着我，努力让我开心……我、我真是个坏蛋……"

心中无法得到纾解的痛苦终于在这一刻全部释放，耳边都是其他人高低不一的哭声，只有我的哭泣，猛烈而安静。

"没关系，哭吧，闻钰，哭出来就好了……"倪诺终于舒了一口气，放下心来，用宽大的外衣裹着我冰冷的身体，不停安慰着。

"该说对不起的人是我才对吧……"我把脑袋埋在倪诺的怀中，却模模糊糊地听到了向南风的声音，忽远忽近，时真时幻，"从一开始我的存在就是个错误吧，不仅是姜幸，我该道歉的人，还有你，闻钰。"

我双肩一动，完全失去了力气，更没有抬起头来去面对向南风。

脚步声由近到远，最后消失不见。

倪诺握住我的肩膀，声音也因为悲恸而完全变了调。

他问我："要去追吗？"

"不……"过了很久，我轻声吐出这样一个字来。

就算真的追了出去，又会有什么改变呢？

姜幸离开了，我又需要多少时间才可以接受这样残酷的事实？

3.

倪诺亲自将我送回了家中，又和母亲说了今天所发生的事情，我在房间里换下衣服时隐约听到他低低的嘱咐："不要让闻钰的情绪剧烈波动。"

母亲不知回答了什么，她一直目送倪诺离开屋子。

我装作没有听到，简单收拾了一下自己，走出卧房，开始一如既往地准备晚餐、收拾房间，碗筷相碰的声音让我感到格外安心。

"闻钰，你去休息好不好？"母亲弱弱地在我身后发问，"妈妈腿上的伤已经快好了，也不需要你来帮忙了。"

我并没有回头，只是淡淡地开口："没事，我也知道你快痊愈了，等完全可以行走的时候我就让你去工作。"

母亲欲言又止，只是担忧地望着我在狭小的屋子里忙碌，最终无奈地长叹一口气，转身走回房间。

这种状态持续了三天之后，母亲的担忧终于爆发了，她的腿伤已经痊愈，在我擦拭桌子的时候，她强行将我带到了倪诺的家中。

"她平静得有些过分了，我很担心，那么多的情绪在心中无法得到释放，会不会病情更加严重了？"母亲慌忙询问。

倪诺眼神复杂地瞥了我一眼，半晌无语，最后犹豫着开口："虽然这种现象很奇怪，可是我不得不说，闻钰的病情正在朝最好的方向发展，她的种种表现都处于最佳恢复阶段。"

"好转？"母亲难以置信地张大嘴巴，"可是她的朋友姜幸不久前才……"

说到这里，她突然抬手捂住嘴巴，有些害怕地朝我的方向望来。

倪诺的目光也同样落在我的身上。

别墅角落里那个落地式留声机周围放满了陈奕迅的唱片，我旁若无人地起身，挑选了一张放进里面，悠扬的音乐在空气中流淌着、跳跃着。

这首歌的名字叫《孤独患者》。

转身正视他们二人依旧不肯移开的目光，我认真地说道："姜幸还在的时候最关心的就是我的健康，甚至因为担心我有不吃早饭的习惯，书包里经常放着热乎的包子和豆浆。每次她都会很快戳破我的谎言，非叫我将东西都吃下去才安心。"想到那时的姜幸，我不由得露出一个微笑，"现在她离开了，我更不会去放纵自己了。她拼命保护的东西，我也要爱惜，好好活着，养好身体，才是对姜幸最好的回馈吧。"

那个在众人目光中傲人行走的少女，她梳着高高的马尾，扬起弧度优美的下巴，挡在我的身前，呵斥不懂礼貌的粗野男生。

她强忍内心的失落，站在桐树下，嘴角荡漾出暖心的微笑看着我和向南风渐渐靠近。

她将饭盒里的鸡蛋全部挑给我，她在微凉的晨光下斜斜地挎着书包，逗弄着脚下黄白相间的小猫……

她叫姜幸，我记得她的名字，永远留在记忆的最深处。

钢琴伴奏中，倪诺眉头紧锁，放下手中的文件大步向前，再次将我搂进他温暖结实的双臂里，久久不肯放开。

我安逸地闭上双眼，呼吸着他身上的清香，姜幸挥着手对我放声大笑的模样变成了一帧又一帧剪影，在我的眼前闪过。

姜幸，你在那边幸福吗？

你要记得想我。

我会想你呢，一直一直想。

4.

眼看着考试的日子越来越近，校园中到处都弥漫着离别的气息，只有黑板上那些又长又枯燥的公式才可以将它冲散。

为了缓和这种不利于学习的灰色气氛，学校再一次大张旗鼓地举行了一次篮球联赛，运动成绩出色的向南风首当其冲被老师推荐，课余时间还要在球场上挥洒汗水。

我开始渐渐融入集体，面对同学们善意的谈话也会微笑着点头应答，集体活动时偶尔会跟随在队伍的尾端。

所以这次篮球联赛，我理所当然地和其他女同学来到观众席的最前面，要为向南风所在的队伍加油鼓气。

正午热辣的太阳挂在头顶，却无法打压观众的热烈期待，身边的叫喊声一波高过一波，向南风的脸上再没有了那种张扬的笑容，只是认真地打球、防守、投篮。

我坐在人群中，安静得不合常理。

因为我好像看到了姜幸。

还记得那个时候，她在众目睽睽之下大胆挑衅向南风，帅气地跳出了观众席和他进行了一场激烈的战斗，并取得了胜利。

现在还有多少人记得那个风一般的女孩呢？

往事这样接近，又遥远得无法触摸，不知向南风是否和我一样，也在想念当时的情形？

尖锐的哨声此起彼伏，激烈的比赛在狂热的呐喊声中结束了，向南风作为队伍的主力，毫无悬念地拿到了奖杯，所有人都在叫喊他的名字，挥舞着双手，喜悦溢于言表。

可我却没有办法从他的脸上看到获得胜利的快乐。

他修长的手指紧握奖杯，面对学校领导的表扬，他只是勉强说了几句客套的话就匆匆走下台，竟然将打算一起庆功的队友一股脑地抛在了后面。

他也发生了巨大的变化。

而我只能以旁观者的身份眼睁睁地看着他慢慢改变，从内心开始，无可阻挡，更是没有阻挡的权利。

因为自从参加过姜幸的葬礼后，我们原本就有些微妙的关系更加变得难以捉摸起来，偶尔在班级中眼神相对，也是他先行移开，不到万不得已的状况下，没有人会开口说话。

我们好像都无声地约定，再也不要提起那段青涩难忘、带着快乐却又掺杂着忧愁的日子。

又一天匆匆而逝。

我独自留在教室里做完了整张模拟试卷，疲惫地甩了甩发痛的手腕打算离开，抬起头来却看到了站在门前的向南风，他正静静地望着我。

这熟悉的场景再次让我心中一痛。

那时我们还并不熟悉，他也是这样等在门前，眼角带笑地问我：我们做朋友好不好？

而如今，那个明朗的少年已经改变，他眼睛下方带着深深的暗影，手中拿着那个篮球比赛得到的奖杯，对着我晃了晃，虽然笑了，却很勉强。

他说："我们一起去看看姜幸好不好？"

这个理由让我无法拒绝。

橙红色的夕阳染红了大半边天空，我们徒步行走到姜幸所在墓园，墓碑上贴着她小小的黑白照片，还是那样明眸善睐，笑靥如花。

我手捧着一束洁白的百合，原本有很多话想说，可真正到了这个时候却霎时无语凝噎。

倒是向南风大大方方地上前一步，将那个奖杯放在了墓碑的前方。

"今天的篮球赛实在是太无聊了，对手那么平庸，让我完全没有和你打篮球时的激情啊……"向南风凝视着姜幸的面孔，"你走了，谁来陪我打球呢？姜幸，在我心中，你才是永远的球场王者，我佩服你。"

一阵微风吹过，扬起了我们的头发，还有我们不舍的别离。

纵然难以割舍，可已经发生的事情没有办法去改变了，唯一能做的就是接受，让它融入自己的现实之中。

我也俯身将百合花放在姜幸的墓碑前，只说了三个字——

"我很好。"

我要让这个已经去了天堂的女孩不再记挂我，不再担心，那个情绪时常失控、养成了不吃早餐习惯的我，已经彻底消失不见了。

现在的我真的很好。

生活中没有发生什么巨大的改变，母亲的腿彻底痊愈又过上了忙碌的日子，而我的同桌也换成了其他同学。

新同桌是个腼腆的女生，她说话轻声细语，做事也细心又安静，和姜幸是完全不同的人。

明明是不同的两个人，我却总是会变得恍惚起来，偶尔下课的铃声响起，我会脱口而出："姜幸，我们一起去买绿茶好不好？"

可话说出口，却发现新同桌脸颊发红，有些尴尬地盯着我。

我发了很久的愣才回过神来，姜幸已经不在了。

回到家后，我将曾经的日记都翻找出来，许久不见光明，它们都蒙上了一层细细的灰尘。

我认真地翻看里面的内容，那些狂躁的心事、悲哀的无奈、对生活灰暗的抱怨、对向南风微妙的心动，还有我们三人相处的一切……从头至尾，滴水不漏地再次看了一遍。

最后，我又一次来到了姜幸的墓前，点燃火机，全部焚烧。

我把一罐冰凉的啤酒放到墓碑前，和向南风的奖杯摆放在一起。

我也打开了另一罐，轻轻碰撞，仰头灌下了大半。

就当这是和往事最后的告别吧。

彻底再见了，姜幸。

美好的姑娘。

5.

在无数学子紧张的期盼下，考试终于在一个清爽怡人的日子来到了。

母亲很早就起了床，为我准备早餐，什么包子、肉汤、果汁、面包、炒饭，所有能吃的东西都被她端上了桌，只是瞪着眼睛看着我吃。

我被母亲看得不自然，无奈地放下筷子："妈，你怎么比我还紧张啊？"

她不好意思地笑了笑："我也不知道，就是觉得今天太重要了，控制不住……"

"没什么重要的，就和普通考试没什么区别。"我挑了挑眉，"难道你还不相信你的女儿吗？"

"相信相信，你一定可以的。"她连忙加油打气，可神色中的紧张没有任何改变。

我无声地吞下最后一口粥，心中明白，只有行动才可以证明一切。

有条不紊地整理好了东西，我平静地踏进了考场，最后一刻转过身去，对站在门前的倪诺和母亲微笑着挥手。

坐在教室中的考生表情各异，甚至有人在答题的时候手都在发抖。

我却带着这种平静，一直坚持到了最后。

或许是有很多力量在支撑着我吧？

任何事情都会过去，伤痛、喜悦、别离，就算是准备已久的毕业考试也如此平淡地结束了。母亲焦躁不安，却尽力不想让我发现。而我在家务和倪诺之间徘徊，他总是在空闲时带我去海边散步，吃着烧烤，弹着吉他。

一天夜晚，漫天的繁星下，倪诺在我耳边问道："闻钰，对姜幸，你彻底释怀了吗？"

听到这个名字的时候我还有一瞬间的恍惚，却很快恢复正常。

我望着深邃的夜空，轻声回答："不是说释怀吧……我是永远也不会忘记她的，可是你们要怎样才能相信，我真的很好呢？我是怀着姜幸对我的期待，认真地活下去啊。"

倪诺转身抱住我，叹息着说道："其实我们都以为你要花很长的时间才可以渡过难关，没想到却自己轻易化解了。闻钰，这样很好，无论你的母亲、朋友，还是姜幸，看到这样的你，都会很欣慰的。"

在他温暖熟悉的怀抱中，我点了点头。

我会继续这样走下去，因为他们都在看着我。

毕业考后，我如愿以偿地达到了心中的目标，甚至超出了自己最开始的期待，母亲几乎不敢相信这个结果，望着电脑屏幕喜极而泣，脸上的皱纹因为喜悦而愈发明显了。

她不断地喃喃："好，不愧是我的好女儿啊，你想要什么奖励，妈妈都给你好不好？"

我打着哈欠开口："让我和你再一起睡一晚吧？"

母亲自然觉得这个奖励是不够的，她反复询问了我整个晚上，最终给我安排了一场宴席，每日挑灯夜战钻研着邀请宾客的名单和菜肴，我邀请的那几个人却少得几个手指头就可以数清楚。

倪诺、向南风、许泽君，还有那个安静腼腆的新同桌。

他们每个人都带着最诚挚的祝福来了，向南风还从家中拿来了一瓶珍藏的酒，大方地启开。

我还是没忍住问他："你以后有什么打算啊？"

他瞪了半天眼睛，像是没有听懂一样，忽地转移了话题："这种酒要慢点儿喝，和啤酒可大不相同。"

我瞬间明白了，他是不想提及这个话题。

难道向南风有什么难言之隐吗？

来不及去继续追问和思考，我要帮助母亲接待宾客、安排酒水、上台发言，台下的最中央，母亲的眼中闪烁着泪光，满脸欣慰的笑容。

倪诺早就说过，会在宴席的当天给我一个巨大的惊喜。

可当他手捧一束怒放的鲜红玫瑰单膝跪在我面前的时候，我还是震惊得无法言语。

他目光明亮到几乎让人无法直视，更是让我失去了言语的力量。

他郑重开口，每个字落入我的耳边都像万钧雷霆："闻钰，我爱你，让我给你一辈子的幸福，我们永远在一起，好不好？"

满场的宾客都带着艳羡的目光望来，不知是谁先发出了一声祝福的欢呼，随后接二连三的掌声响起，不多时便响彻了整个厅堂。

整个世界都变得喧闹起来，可我的内心却平静得仿佛一潭死水，因为余光看到了站在不远处的向南风。

他的脸上没有什么特别的表情，只是木然地站在那里，甚至嘴角还带着一丝很淡的、淡到我几乎无法察觉的笑意，可他眼中那抹比黑夜还要深沉的色彩却让我心痛到无法呼吸。

我咬了咬牙，让自己所有的注意力到放在倪诺的身上，上前接过那束玫瑰，用所有人都可以清楚听到的声音大声回答："好。"

下一秒，倪诺将我拥进怀中，滚烫柔软的嘴唇印在我的唇上，我伸出双手紧箍住他的背。

欢呼声和掌声再次响起，还有人吹起了口哨。

在所有人的眼中，我们是如此幸福的一对情侣，谁也无法拆散。

向南风还是带着那样我看不懂的表情站在人群中，他一直笑着，最后我明白了，那种笑中所表达的感情是释然。

他向我点了点头，一步步后退，在大家起哄的声音中消失不见了。

他就这样离开了。

"祝福你，我也一样祝福你。"

他的背影好像在这样告诉我。

向南风的笑，跟当年祝福我和他的姜幸一样。

我无数次望着向南风离开我的身影，每一次都是那么的刻骨铭心。

我想，这次他是真的离开了吧？

6.

宴席散去的时候，我终于从其他同学口中得知了向南风的去向。

他并没有什么打算，而是听之任之，在父母的安排下远赴国外，就是今晚的飞机。

我终于明白了他的逃避和沉默，更明白了他的释然，因为自己已经要离开这里，告别曾经的生活，那么选择祝福我和倪诺就是最好的结果吧？

深夜，我百般无聊地整理着房间里的东西，那些破旧的书本、写满了公式的笔记、画满了重点的练习册，却在翻开一本书的时候发现有一沓密密麻麻的信封滑落，掉在了地上。

心跳骤然停止，昏暗的灯光下，我的视线变得模糊起来，那些信封再次深深嵌入我的回忆之中。

——"啊，我兼职了邮递员，收到了这些，就一直留在自己这里。"

——"要我给你也不是不可能，这样吧，闻钰，答应和我做朋友，我就还给你，好不好？"

当时我无论我怎样恳求、恐吓，他都像个倔强顽皮的孩子一样，将这些写满了我秘密心事的信握在手中，不肯归还，不停地提出做朋友的要求，让我大为苦恼。

事情过去了这么久，我都忘记了这些东西，当初我磨破了嘴巴他也不还，又是什么时候塞到了我的书中？

我缓缓弯下腰去，抚摸平滑光洁的信纸，上面的字饱含愤慨，我都忘了自己当初是怎样杜撰出这样一个想象之中的地址。而它竟然会落到了向南风的手中，命运的安排到底是巧合还是无形的捉弄？

我将它们全部捡起，犹豫了很久也没有再次翻看里面的内容，这些信封上都充满了向南风的气息——那个明朗乐观、偶尔有些孩子气的少年。

我不忍心再去触碰自己尘封的记忆了。

原本想要将它们全部燃烧，像那些承载了我无数个日夜的日记本一样，干脆一把火烧得干干净净，再也无法找到丁点儿痕迹。

可不知什么让我变得不安起来，我甚至没有勇气将它们全部撕碎，最终只是放在柜子里那个漆木箱子里，还挂上了锁。

我不由得喃喃自语："闻钰，你这样欺骗自己，真的是正确的选择吗？"

向南风已经离开了，杳无音讯，甚至下一次的见面是何时都不得而知。

他真的就像天边的云，像缥缈的风，来过，又消失，不留痕迹，彻底得就像是从来没有出现在我的世界里一样。

第九章 褪色的苍白风景
CHAPTER 09

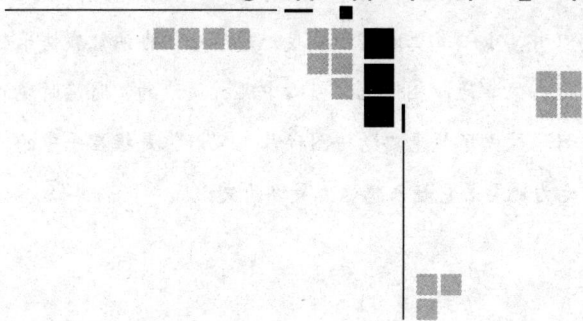

灰色积木

Grey Block

"身边不是没有人陪伴，只是属于我的人还没有到来。那个人是谁，是倪诺吗？他给我最坚实的双臂，小心翼翼地呵护着我，想尽一切办法让我快乐起来。我也可以毫无顾忌地去依靠他，相信他。可心中那种淡淡的、时隐时现的不安与痛苦又是什么？好像缺失了最重要的拼图碎片，又好像是握在手中的风筝被大风吹跑，我只能无力地看着它越来越远，最终消失。"

1.

倪诺的事业渐渐有了起色，他也变得忙碌起来，每天穿梭在病患和医院之间，却也总是会找到空闲的时间和我打电话，给我准备小小的惊喜，带我去某家平日里根本不起眼的、味道却极佳的餐厅寻找新的乐趣。

漫长的假期，为了让自己的生活变得更加充实，我打算调剂下无聊枯燥的日子，于是在学校附近的一家清吧找到了兼职的工作。

刚开始面对不熟悉的一切，我有些手忙脚乱。清吧的老板是一个年龄不大的女人，二十六七岁，已经拥有了美满的家庭，她两岁的女儿总是挥舞着双手，软软地叫着我姐姐。

老板娘对我既耐心又温柔，她教我怎样调制咖啡，做出好吃的甜点，偶尔她会安静地坐在窗前的秋千上，语调轻柔地说："闻钰啊，像你这样大的时候，我做过很多疯狂的事情呢……"

我对着咖啡杯子挤奶油的动作顿在那里，呆呆地应着："啊？"

"我攒了很久的钱，穿越了大半个中国，去遥远的地方寻找自己喜欢的男生，当时那个心情啊，我到现在都没有办法忘记，三十几个小时的火车硬座都硬生生挺了过来，只靠着即将见面的喜悦支撑着一切。"

我抿着嘴角，小声发问："不累吗？"

老板娘微笑："啊……身体上的疲惫是必然的，可心中还是很开心啊。我买了一束最漂亮的蓝色妖姬，找到他所在的学校苦等了几个小时，等到的却是他和其他女孩恩爱的身影，我几乎崩溃了。"

手中的卡布奇诺缓缓形成，散发出诱人甜蜜的香气来。

我怔怔地盯着杯子，话语也有些飘忽："一定很伤心……"

"那是当然，失去了自己深爱的男人，那种痛苦是言语无法形容的。那时我年轻气盛，将手中的花砸在了他和那个女孩的脸上，大声质问，泪流满面。而他呢？他只是冷漠地将我推开，质问'这样无理取闹难道会有什么满意的结果吗'，那一刻，我连回答的力气都没有了。"她精致的脸庞带着释然，"我也真正懂得了，强求的东西终有一天会破碎。我的人生不会空白，只是要等的人还没有来临。"

这样的话，母亲也曾对我说过。

身边不是没有人陪伴，只是属于我的人还没有到来。

那个人是谁，是倪诺吗？

他给我最坚实的双臂，小心翼翼地呵护着我，想尽一切办法让我快乐起来。

我也可以毫无顾忌地去依靠他、相信他。

可心中那种淡淡的、时隐时现的不安与痛苦又是什么？

好像缺失了最重要的拼图碎片，又好像是握在手中的风筝被大风吹跑，我只能无力地看着它越来越远，最终消失。

抿着那杯咖啡，甜蜜苦涩的气息从舌尖蔓延，直抵心脏最深处。

只要尽量去忽视那种怪异的感觉就可以了吗？

清吧的客人形形色色，大多都是放学后想要放松心情，和朋友聊天谈心的学生。

有人很多时候只是点一杯咖啡或果汁安静地享受时光的流逝，也有很多性格活泼的男孩子会不时开些并不恶劣的玩笑。

"美女，电话号码可不可以给我留一下，我会经常光顾的！"一个留着板寸头的少年调皮地眨着眼睛对我挥手。

这种调侃都不带有恶意，若是换作从前我定然会冷下脸来拒绝或和他们发生恼人的争吵，可现在，我只是平和地将冰镇可乐放在桌子上，淡淡地回答："没有给你电话号码也看到你经常光顾了啊。"

少年一愣，随后哈哈大笑，没有再继续纠缠下去。

接下来的日子并没有脱离正常的生活轨道，我每天按时去到清吧工作，晚上和母亲在家中闲谈。这些日子，她总是唠叨着和我说起曾经发生的事情，说起我小时候让人心疼担忧的模样，眼中泪光闪动。

我上前握住母亲的手，云淡风轻地说道："现在不都很好了吗？"

"是啊，都很好了……"母亲重复着喃喃，"闻钰啊，你的身体还是最重要的，现在有倪诺陪在你的身边，我很放心。他是个成熟稳重的孩子，和他在一起，会幸福的。"

我知道，母亲很喜欢倪诺。

和他在一起的时候会安心，会快乐，会惊喜，可唯独我找不到幸福的感觉。难道是我的要求太高，对感情的选择容不得一点儿瑕疵吗？

倪诺这种完美的男人，我还能去要求什么？

为了不让母亲继续担心，我只能点头答应，并承诺我们会好好在一起。

可承诺这种东西，说穿了只是一句简单的话语罢了，是否会有破碎的那一天，是不得而知的。

时间在每天的忙碌中过得飞快，我也在开学前夕迎来了20岁的生日。

倪诺为了这一天准备了很久，虽然我无数次说过只简单地吃个饭就可以，不需要什么形式，他还是执着地计划着。

早晨起床后发现母亲已经为我煮好了一碗放着两个煎鸡蛋的长寿面，她坐在桌子旁微笑地看着我将那碗面吃个精光，疼惜地抱住我说："我亲爱的宝贝，生日快乐，你已经长大成人了。"

我靠在她的怀里，双眼湿润。

我说："妈，我早已长大了啊。"

因为早就了解到了我生日的时间，清吧的老板娘大方地给我放了一整天的假，还给我订了一个巨大的水果蛋糕，她摇着头把连连道谢的我推出了门外，大声喊道："好好享受青春啊！"

我只能不停地答应。

倪诺在一家氛围极佳的西餐厅订好了包房，菜品也经过了精心挑选，房间里堆满了彩色的气球，还挂着漂亮的丝带，角落里几只可爱的玩偶娃娃瞪着无辜的眼睛。

"20岁是一个重要的分水岭，所以一定要隆重度过。"倪诺满意地打量着布置精美的房间，"我知道你喜欢这些有趣的东西。"

我无奈地望着他："的确很喜欢，可真的不用费这么多的心思啊，只要你在我身边就好。"

"哈！现在会说甜言蜜语了，不错，值得奖励。"倪诺故作吃惊，伸手从口袋里拿出一个精致的暗红色天鹅绒礼盒，说道，"送你的，我选了很久，看喜不喜欢。"

看着倪诺期待的神色，我不忍打破，只能微笑着将那个盒子接过来，缓缓打开。

一枚小巧璀璨的钻石吊坠安静地躺在盒子的中央，发出低调奢华的光芒。

我下意识地问出口："一定很贵吧？"

话音刚落，就见倪诺责备地伸出手来，弹了弹我的额头："不要说这些事情，只告诉我，你喜不喜欢？"

"喜欢……"我长长吐出一口气，决定不在这里和他争论。

倪诺更加满意地扬了扬下巴，朝包房外面望去："还有一个你熟悉的故人，你们也有一段时间没见了，我把他找来了。"

听到"故人"这两个字，我眉头一跳，开始搜寻记忆之中的每一个身影，不知他口中说的这个神秘人士到底是谁。

思索间，房门被一双瘦长的手用力推开，许久未见的许泽君捧着一束怒放的鲜花，微笑着走到我的面前。

他长高了，也变瘦了，容貌没有发生太大的变化，只是曾经那停留在双眼中的浮躁与稚气尽数退去，取而代之的是一种别样的成熟气息。

倪诺清咳了两声，起身说道："我还有点儿别的事情，一会儿回来，你们先聊着。"

说着，他对许泽君友好地点了点头，毫不拖泥带水地走出了包房。

我明白，他是想要留给我们足够充分的空间交谈。

"闻钰，你看起来不错，身体也好多了吧？"许泽君动作自然地将手中的花放到桌子上，坐到我的对面。

我一时没有回过神来，半晌才开口回答："是……没什么问题了。"

许泽君又是淡淡一笑，从口袋里拿出了香烟，可刚刚放到嘴边却又像是想到了什么一样，再次放下了。

我误以为他害怕干扰到我，连忙解释："我没关系的，你抽吧。"

他摇了摇头，眸中涌起一缕哀伤："只是见到你，也突然想起了姜幸，她曾经最讨厌我抽烟了。"

姜幸……

再次听到这个名字，我恍惚得无以复加。

现在能和我聊起姜幸的人少之又少，为了不揭开我那已经愈合的伤疤，倪诺从来不会问出口，母亲也不提。

有时我真的很寂寞，想起姜幸陪伴在我身边的日子，就会买两罐我们都喜欢喝的啤酒来到她的坟墓前，絮絮叨叨地说着近期发生的事情，就好像她还面带笑容地聆听着我、安慰着我。

此时的故人许泽君突然说起了她，我禁不住感慨万千。

"已经过去了这么久，再次想起姜幸，我已经可以释怀了。"许泽君凝视着摆放在桌子上的香烟，"还记得小的时候，她像跟屁虫一样追在我的身后叫哥哥，这样的场景还会时不时出现在我的梦里。"

我也记起姜幸和我回忆往事的模样："她也和我说过，你总是那么宠她，好吃的、好玩的东西总是第一个拿给她。"

说到这里，我们都停了下来，面面相觑。

"闻钰，你是姜幸生命中最重要的人之一，这是无法磨灭的事实。"许泽君长叹一口气，语气平淡地说，"我曾经很不理解，为什么她要向你隐瞒自己生病的事实、喜欢向南风的事实，可现在，我终于懂了。"他抬起头来，直视我的双眼，"她不忍心让你难过，这是她保护你的方式。"

我的心猛然抽痛，好像被无数根尖针狠狠划过。

我又如何不知道？她总是小心翼翼地观察着我的情绪、呵护着我的自尊，明明是个女孩子，却倔强得像男生。

"我们都有不同的、保护重要之人的方法，或许有时让人无法理解，有时也过于偏激，可初衷都是好的。"他拿起那支被丢下的香烟把玩着，"如今看到你过得很好，没有辜负姜幸的希望，我就放心了。闻钰，生日快乐，希望你能一直快乐下去。"

说完，他没有给我回答的机会，干脆利落地起身，推门离开了。

桌子上的蛋糕上插着几根还没有燃尽的蜡烛，豆大的火光明明灭灭，我似乎也融入了那片火光之中，浑身滚烫，无比煎熬。

不要希望，不去希望，希望这种东西，很多时候只能给人带来失望罢了。

我抓紧了桌子的一角，垂下头去，喉咙里发出低低的呜咽。

我一定会快乐下去。

2.

自从在生日那天见过许泽君后，我一直保持平稳的情绪终于出现了一些波澜，偶尔会望着某个方向出神，大脑一片空白，将错误的饮品和食物端给客人。

对于我的这些无心之举，老板娘并没有责怪，只是体贴地告诉我，如果身体不舒服可以多多休息，身体才是本钱。

倪诺也发现了我的异常，他明白原因是什么，甚至有些自责邀请许泽君到来，他从忙碌的工作里抽出更多时间陪我看电影、寻找好玩的事物，无论身在何处都会紧紧牵着我的手，好像我会走远一样。

对于他的担忧，我不知道怎样解释才好，因为我也不知道自己在为什么事情而烦忧。

终于有一天，一场令人潸然泪下的爱情电影落幕，我们坐在昏暗的放映厅里，倪诺轻到如同幻觉的声音传进我的耳中。

他说："闻钰，你还在想着向南风，对不对？"

我悚然一惊，从椅子上站起来，不明所以地瞪着倪诺。

他也瞬间发现自己的失言，表情暗淡地拉扯着我的胳膊，让我靠在他的肩上，将话题掩盖过去："我刚才只是开玩笑，接下来我们去海洋馆好不好？"

他总是这样忍让我，甚至对我的心不在焉也可以选择包容。

我却不知该怎样回报。

放映厅中的灯亮了起来，身边的女孩子都满脸泪痕，脆弱地靠着男友，哭哭啼啼地继续说着动人的情节。

我的手机屏幕也在这个瞬间亮了起来，母亲的名字出现在上面。

我接通电话后，她焦急的声音从电话的另一端传来："闻钰，程盼盼有没有联系你？她已经失踪很多天了，你的舅舅和舅妈实在没有办法了……"

听到程盼盼这个极其遥远的名字，我所有飘忽的思绪都回到了大脑，下意识地安抚母亲："不要急，我马上回去想办法。"

挂掉电话，我眉头紧锁，陷入了困惑之中。

自从她来到我家请求原谅，说自己要搬去很远的地方后，就像真的从我的生活消失了一样。

我一直以为她的新生活也是另一种开始，不会再与我产生任何交集，却没想到，还会有再见的一天。

"发生什么了？"倪诺询问。

我收起手机，握住他的手，马不停蹄地向家的方向赶去："我一个妹妹不见了，家人都很担心，先回去看看情况吧。"

当我和倪诺匆匆赶回家中的时候，舅舅和舅妈正将母亲围在中间，神情激动地说着什么。

看到我，舅妈第一个扑上来，枯瘦的手紧紧按住我的肩膀，口齿不清地大喊："闻钰！你有没有见到盼盼？我已经找不到她了，能找的地方都找了，可就是没有，她会不会出什么事了？如果她出事，我该怎么办，我也不活了……"

她浑浊的泪水落满了那张蜡黄疲惫的脸。

"你也别急着先质问闻钰，先冷静一下不行吗？"舅舅不耐烦地站起来。

"都怪你！都是你的错！"舅妈狠狠转过头去，伸出手来直指舅舅的鼻尖，"要不是因为你的懦弱，我能和你离婚？盼盼会心情不好？你这个没用的男人！"

舅舅明显不想和她争论，转而态度放缓朝我发问："盼盼联系过你吗？"

我无心卷入他们二人的争吵，只一心担忧程盼盼的下落，立刻回答："很久没有了，她消失了几天？"

"算起来有五六天了吧，原本只是说去朋友家住，可之后发现她根本就没有在朋友家中，这时候我们才觉得事情不对了……"

我摸着下巴陷入了沉思。

以我对程盼盼的了解，她虽然性格嚣张跋扈了些，却也不是那种笨到故意和家中断绝联系扰得鸡飞狗跳的傻瓜，那么可能性就只有一个了——

"她最近有没有和一个叫卢天意的人联系？"我问道。

舅舅和舅妈齐齐一愣，还是舅舅先回过神来，双手一拍桌子："对！我听过这个人的名字……"

"多半是在他那里了，盼盼对他的感情一直很深，大概到现在也没有放下。"

"那、那快点儿联系他啊！"舅妈沙哑着嗓子催促。

我眉头一皱，淡淡地瞥了她一眼："我不认识。"

卢天意的大多事情我都是从程盼盼的口中得知，其他的完全不了解，唯一的印象就是他用冰冷的声音毫不留情地嘲讽我——你原来真的有病。

我身边的倪诺也大概听懂了现在的状况，不由得发问："你身边的其他人和这个卢天意有接触吗？"

我不经思索，脱口而出："向南风曾经和他在一个篮球队……"话没说完，我猛地闭上嘴巴，脸色苍白。

我歉疚地转过头去凝视倪诺，他却好像完全不认识向南风这个人一样，平静地说道："找人要紧，快点儿联系吧。"

再次拨通向南风电话的那一刻，我颤抖的双手泄露了内心激动的情绪。

只是除了倪诺，没有人发现，因为他们都在担忧程盼盼的下落。

短短几秒的嘟声在我听来却无比漫长，我屏住呼吸等待，终于听到了向南风那熟悉的声音——

"喂，是闻钰吗？"

那一刻，我脑子一片空白，一时间忘了回话。

3.

千言万语涌上心头，却只能生生哽在喉咙中，无法说出来。

因为房间里的四双眼睛都紧紧盯在我的身上，只为等待关于程盼盼的消息。

我尽量让自己的声音听上去显得平淡一些："你手中有卢天意的联系方式吗？"

接下来的短短几分钟内，我把关于程盼盼的事情全部转达，向南风在那边思索半晌，突然轻笑一声："那你还真是找对人了。"

"怎么，你可以联系到他？"我急切地追问。

"也算是吧……重要的是，我恰好最近要回国。"

回国？

我霎时震惊万分，一时竟不知道该说些什么。

向南风他要回来了，这就说明……我们可以再次见面了吗？

没等到我的回答，他也没有恼怒，只是又简单地说明了一下他回国的时间与路线，又信誓旦旦地保证一定会帮我找到程盼盼。

"卢天意的联系方式我先发给你，他最近好像在S城发展，我们可以在那里会合。"

"好，那就这样……"我完全凭着本能在同向南风谈话，"再见。"

挂掉电话，舅妈第一个冲上来不停发问："怎么样？可以找到吗？"

"嗯……"我勉强稳住心神，"卢天意现在在S城，我们去找找看吧。这里还有他的联系方式……"

"谢谢你，闻钰！"舅妈长舒一口气，深深弯下腰来抓住我的双手，"如果能找到盼盼，你、你说什么我都答应。"

"现在找人要紧吧？"倪诺打断了她的话。

不知是不是我多心，总觉得身边的倪诺脸色有些难看。

思索了半晌后，我还是小心地开口："倪诺，你最近工作很忙，就不要和我们一起去S城了，好吗？"

"不好。"倪诺干脆地拒绝，"我的工作没关系。"

说完，他转过身去，继续和我的母亲说着什么，时不时露出一个安慰的笑容来。

我苦恼地望着他的身影，不知该如何是好。

应该是因为我和向南风再次联系让他感到心神不宁吧？

为了早日得到程盼盼的消息，我们不再犹豫，只留母亲在家，一起向S城出发。

"卢天意的地址也找到了，为了不打草惊蛇，就不要先打电话询问情况了。"我垂头摆弄着手机，"我想盼盼应该就是在他那里。"

"这个不省心的女儿，一定要好好教训她！"舅舅阴沉着一张脸，咬牙切齿地骂道。

舅妈一直都对程盼盼溺爱过度，连忙反驳："和你有什么关系！我们都已经离婚了！"

"盼盼也是我女儿！"

他们二人又开始了滔滔不绝的争吵，我觉得头痛欲裂，干脆转过头去装作什么都没有听到。

倪诺坐在靠窗户的位子，安静得有些可怕。我想了想，还是握住他的手，关切地道："你是在害怕吗？"

倪诺身子一颤，嘴角弯起，满不在乎地说："我怕什么？"

果然是在害怕！

我无奈地摇了摇头。

原来成熟冷静的倪诺也会吃醋吗？

心中又好气又好笑，我也明白那种患得患失的感觉实在难以忍受，便轻轻地拍着他的手掌，低声安慰："我知道你在想什么，难道你还不相信我吗？"

倪诺漆黑的眼珠动也不动地盯着我。

我继续说："我既然答应过你，就不会做出对不起你的事情，希望你可以明白这一点。"

就算我的心已经空洞，已经变得捉摸不透，我也不会背叛倪诺。

因为他陪伴我走过了最艰难的时光，在无助的时候给了我支撑的力量。

我并不是那种让人耻笑的忘恩负义之人。

听到我这样的解释，倪诺的脸色竟然没有放缓，反而多了一层薄薄的悲伤，他像是在和我说话，又像是在喃喃自语："我知道你不会离开我，可你的心呢，你的心又在哪里……"

我的心思被他一语戳穿，顿时无地自容。

车外枯燥的景色一成不变，舅舅和舅妈的争吵也终于停止，我依然握着倪诺的手，却有一种想要逃开的感觉。

我突然没有办法再去面对他了。

4.

到达S城的时候天已经黑透，我们一行人不顾身体的疲惫向卢天意所居住的地方赶去，其间我收到了向南风的短信，他也会很快来到。

我再次将心中泛起的那一丝涟漪压下，不去理会。

舅舅和舅妈显然情绪激动，走在路上的时候细心地留意着每个身影，看样子如果今天在这里找不到程盼盼，他们会彻底失去理智。

功夫不负有心人，终于还是在这个陌生的城市有了收获，当我们找到卢天意家中时，远远地就看到了正失魂落魄地蹲在路灯下的程盼盼。

她穿着一双脏兮兮的运动鞋，头发凌乱，双眼肿得好像两个核桃，一边擦着眼泪，一边对着电话那边说着什么。

"盼盼！"

舅舅、舅妈异口同声地喊了出来，然后疯了一样朝她跑去。

我悬在嗓子处的心也重新落回了肚子里。

没事就好，只要找到了就好……

听到有人呼唤自己的名字，程盼盼错愕地抬起头来，在看清了是她的父母后，竟然惊慌地起身，朝前方跟跟跄跄地逃离，还不停地挥着手大喊："别过来！你们别想带走我！"

倪诺的反应最快，早就找到了最近的路线，迅速冲上去，将程盼盼轻易抓住了。

舅妈气喘吁吁地紧跟其后，看着还在拼命挣扎的程盼盼，她发出一声崩溃似的尖叫，抬手一巴掌狠狠抽在她的脸上！

程盼盼像是被这一巴掌打蒙了，捂着脸颊软软地蹲了下去。

"妈，你打我？"她的声音极轻。

不怪她会有这样的反应，一直以来，程盼盼都是父母手中的掌上明珠，就算是想要天上的星星都会想办法摘下来给她，别说打她，就连几句重话恐怕都没有说过吧？

可她做出的事情实在是太过分了，不仅不顾自身的安危，还让家人担心，千里迢迢来找她。

"我打的就是你！"舅妈歇斯底里地吼道，"你为什么这么不听话？你知道这些天为了找你，我连一个安稳的觉都没有睡过吗？"

"那你不要找我就好了，让我在这个地方自生自灭！"程盼盼蹲在地上，仰着头大声喊道，满脸泪水，"卢天意他也不要我了，我活着还有什么意思！"

我的嘴角动了动，敏感地捕捉到了"卢天意"这三个字。

程盼盼的失踪果然和他有着密不可分的关系。

舅妈气得浑身发抖，眼看第二个巴掌马上又要落到程盼盼的脸上，我连忙上前将她护在怀里，有些无奈地说："现在打她有什么用？人找到了不就好了，总之已经到了卢天意的家，我们总要上去了解一下情况吧？"

生怕舅妈再做出什么失控的举动误伤我，倪诺也警惕地走过来，将我们二人挡在了身后。

"闻钰姐，呜呜呜……卢天意这个浑蛋，我要杀了他……"程盼盼将头埋在我的怀里，含糊不清地抱怨到。

"你早就知道，还来自投罗网？"我也忍不住发起脾气来，"他是什么人你应该清楚，为什么还要做傻事？"

程盼盼却没有回答，只是紧紧地抓着我的衣服，不停地流泪。

"好了，先去卢天意那里吧。"被这些状况搅到头疼脑热，倪诺叹着气从背包里找出干净的手帕和湿巾递给程盼盼，说，"毕竟要从他那里了解情况，不是吗？"

我怀里的程盼盼发出一声长长的呜咽，舅舅和舅妈脸色铁青地站在原地，情绪也缓和了许多。

我抬起头来，望着卢天意所在的三楼，里面的灯亮着。

"闻钰姐，卢天意狠心将我甩掉，又找了一个有钱的、比他年龄还要大的女人……"擦干眼泪后，程盼盼沙哑的声音中带着一丝恨意，"我花光了自己所有的钱，连住的地方都没有，他还把我赶了出来，我、我为了他来到这个城市，他却这样对我……"

我眉头紧皱，刚想开口再斥责她几句，就突然听到身后响起一个声音。

那个声音愠怒地说道："都是你自己活该！"

我们齐刷刷地转过身去，发现向南风不知什么时候已经出现在了附近，他浑身上下都带着长途跋涉后的疲惫，手中还提着行李箱。

他的头发比以前要长了些，挡住了额头，偶尔扫过那双深沉的眸子。

倪诺目光微动，却又很快回过头去。

"你回来了？"我不由自主地问出了口。

"刚下飞机我就朝这边赶过来了。"向南风的目光仍然停留在颤抖着的程盼盼身上，"我们先找到卢天意再说！"

5.

向南风将行李箱寄存在了附近的旅馆中，又带着我们爬上三楼，毫不犹豫地敲响了卢天意的家门。

不知是不是我的错觉，自从向南风出现，倪诺总是紧紧贴在我的身边，稍微拉开一点儿距离，他的脸上都会出现惶恐不安的神色。

可紧要关头，我无心去计较这个，却听见房屋里先是响起了走路的声音，越来越近，随后卢大意很不客气地大吼："程盼盼，我说过不想见你了，你再来找我，信不信我——"

"咔嗒"一声，门被打开了。

卢天意看着面前一群脸色不善的人，匆忙后退了一步，结结巴巴地问："你、你们要干什么？"

向南风嘴角扬起一丝冷笑，他并没有和卢天意废话，而是以迅雷不及掩耳之势一拳打在了他的鼻子上。

程盼盼双目通红，也扑上前去撕扯他的头发，抓花了他的脸颊："浑蛋！竟然敢抛弃我！我今天一定要让你付出代价！"

房间里，卢天意的惨叫一声高过一声。

我视而不见，径直走进他的屋子——里面简单破旧，除了日常必需的家具和生活用品，连电脑和电视都没有。

我找到了程盼盼的行李和日常用品，全部装好，倪诺在我的身边安静地叠着衣物，从始至终都一言不发。

那个粉红色的泰迪熊娃娃也被程盼盼带来了。

这曾经是她最喜欢的玩具，如果没有它，她都没有办法正常入眠。

她将它也带到了卢天意家，是一开始就下定决心要和他生活在一起了吗？可她无论如何也没有想到会是这样的结果吧？

门前的呼痛声渐渐弱了下去，程盼盼的东西也收拾完毕，我听到卢天意快要断气了的哀求："我、我错了……你们别、别打了……"

"呸！"程盼盼发泄完了内心的愤怒后又变成了平日里那个狂野少女，"今天便宜你了！"

她意犹未尽地想要再骂些什么，却被我拦了下来："不要痛打落水狗了，吃一堑长一智吧。"

程盼盼不解气地甩了甩手，一扭头，竟然就这样走了，留下我们一群还不明所以的人面面相觑。

"你们都没什么事吧？"还是向南风先开口说话。

舅舅和舅妈感激地对他点了点头，连忙去追不懂事的程盼盼了，只余我们三个尴尬地站在原地，不知该开口说些什么。

看着这样的场景，我突然又记起那天中午，我们三个围在一张桌子边吃饭时的样子……

倪诺对向南风的敌意愈发明显，他死死握住我的手，语气强作无谓："没什么事的话可以回去了吧？"

向南风没有想到会是他回答，愣在那里，表情有些难看。

我张了张嘴，身子已经转向了向南风，原本还有很多压抑在心中的话想要问，想要说，甚至想要和他在一起聊一聊姜幸。

或许……我只是想和他说说话吧。

可倪诺浑身上下都散发着强烈的排斥气息，我被他这种完全不同于往日的模样吓了一跳，也瞬间明白了他心中所想。

他是太怕失去我了。

此时的向南风站在他的面前，与敌人没什么区别吧？

想起成熟冷静的倪诺也会有孩子气的一面，想起他带着不安的双眼，我只能默默地别开视线，也应和着说："是该回家了。今天谢谢你了，向南风。"

他眸色一暗，最终也只是点了点头，转身离开了。

倪诺握着我手的力气越来越大，直到我发出一声长长的抽气声，他才如梦初醒地松开，慌张地问道："对不起……没事吧？"

我沉默半晌，揉了揉手指，轻声说："没事。"

"我刚才……"倪诺欲言又止。

"刚才怎么了？"我突然抬起头来，对他露出一个笑容，"不是事情都解决了吗？我们也快点儿回家吧，我妈说煮了好喝的汤在等着我们。"

倪诺浓密的睫毛轻轻颤了颤，过了很久，才怔怔地点头。

我再次牵起他的手，朝来时的方向走去，可脚下的步伐总是在不经意间加快，好似要逃离什么一样。

快点儿离开这个地方，快点儿，闻钰……

否则你会忍不住回头，忍不住去寻找那个人的身影。

6.

我和向南风之间好像自动地筑起了一道高大的围墙，也形成了一种可笑的默契——互不联系。

就像那次因为寻找程盼盼而迫不得已的会面是场镜花水月的幻觉一样。

回到家后，舅妈狠狠教训了程盼盼一顿，又和舅舅带着很多东西再次来到我家登门致谢。曾经对我尖酸刻薄、冷言冷语的舅妈好像完全变成了另外一个人，她握着我的手落泪道："闻钰，舅妈曾经对你不好，你不要放在心上。现在……唉，我只希望盼盼可以像你一样懂事就好了。"

我摇了摇头，对曾经发生的所有都一笑泯恩仇，或者说，我并没有完全放在心上。

在我的记忆中，痛苦和黑暗都在被一点点地消化，我只想让它剩下美好与快乐。

"盼盼还小，总有一天会懂事的。"我这样安慰着。

舅妈不停地点着头，眼泪不断落下。

倪诺又带着很多东西前来，他出色的语言表达能力和理解能力让任何一个交谈对象都对他心生欢喜，包括我的母亲。

为了迎接倪诺的到来，母亲下厨做了很多好吃的菜，其间几乎要忽视了我的存在，不停地往倪诺的碗里夹菜，没多久他碗里的菜都要顶到下巴了。

我玩笑似的抱怨："妈，到底谁是你的亲生孩子啊？"

母亲撇了撇嘴："我倒希望倪诺是。"

"我早晚会是您儿子的。"倪诺笑着调侃。

晚饭后，倪诺争抢着收拾洗碗。

母亲在灯光昏暗的房间中抚摸着我的头发，轻声说道："我越来越喜欢倪诺了，闻钰，和他在一起的日子会变得很安定，妈妈希望你有一个这样的未来，你知道吗？"

我明白母亲的用意，不好反驳，只能苦笑："妈，如果，我说是如果，我心中喜欢的人并不是他呢？"

母亲叹了口气："我们做父母的啊，都很自私，希望儿女过得开心。在我看来，只要有人对你好，其他的都不重要了。"

我没有回答。

因为我知道，怎样的回答都是错漏百出的。

这时倪诺抓着一条毛巾擦着湿漉漉的双手走进来，坐在我的身边笑着问："你们是不是在说我？"

我拍了他一下："对啊！我妈说你是个居家旅行必备的好男人！"

"那是当然。"

倪诺自豪地挑了挑眉，目光转向我的母亲："伯母，我有这样的打算，等闻钰毕业后我们就结婚，你看好不好？"

我张着嘴巴忘了合上，倪诺已经绕过我去客厅里了。

——我有这样的打算，等闻钰毕业后我们就结婚。

心底被扔下了一颗深水鱼雷轰然炸开。

我回味着这句话，心里久久无法平静。

第十章 我们的幸福剧终

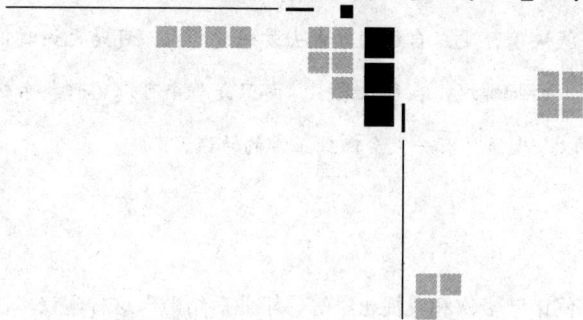

CHAPTER 10

灰色积木

Grey Block

　　"在这个世界上，每个人的生命都是独立、特殊的，他们以自己的方式生存，以自己的方式去寻找快乐，更以自己的方式去爱想爱的人。可是无论我们的命运是多么跌宕起伏，曲折蜿蜒，在别人看来，都只是一个可以留作茶余饭后的简单故事而已。所以，生活总有一天会回到正常的轨道。"

1.

　　在平日的相处中，倪诺曾多次和我提出"等你毕业后结婚"这种建议，因为都是带着玩笑的口吻，我也同样和他调侃着，从来没有放在心上。

　　所以无论如何我也没有想到有一天，他会在我母亲面前说出这样的话来。

　　我呆若木鸡地瞪着满面笑容、双眸中却满是认真的倪诺，半晌一句话也说不出来。

　　母亲倒茶的手也停在那里，半晌，竟然面含欣喜地反问："你说的是真的？"

　　"当然，只要您和闻钰不反对的话。"倪诺回答。

　　"不，不反对！我是不会反对的！"母亲激动地放下手中的杯子，一把抓住倪诺的手，"有你照顾我们闻钰，我最放心不过了……"

倪诺一直都在笑，反握住母亲的手，二人又细细碎碎地说着什么，完全忘记了征求我的意见。

我凝视着母亲满是期待的面孔。

是的，她说得没错，父母对子女的爱在某种意义上来说都是自私的，只要孩子幸福，其他的因素大可以忽略不计，至于此生是否会和心中所爱的那个人走到一起，并不是最重要的。

毕竟选择了那个宠爱自己、呵护自己的另一半，未来的路，会变得平坦许多。可是，这难道不算是感情上的敷衍吗？

我的自尊允许做出这样的事情吗？

我无法得到答案。

我安静地在他们的身边倒茶、收拾杯子，一直到天已经黑透，母亲才和倪诺告别，还坚持要我将他送出家门。

满天繁星，清凉的晚风徐徐吹过耳边，倪诺调侃地望着我，笑道："怎么，刚刚吓到了？"

我装作满不在乎的样子摆了摆手，说："还好，不过这个玩笑一点儿都不好笑。"

"是吗？你认为我之前说的话只是玩笑？"倪诺提高了声音，忽地向我靠近一步。

我下意识地后退，虽然心知肚明，可嘴上还在逞强："难道你……"

"闻钰，我不是在开玩笑。"倪诺直起身子，握住我的肩膀正色道，"我会等你，等你准备好，我们就在一起，好不好？"

他双眸明亮，竟然赛过了头顶的星星。

仿佛有一根细细的、透明的丝线在我的喉咙处一圈又一圈地缠绕，变得越来越紧，锁住了我的喉咙，让我无法言语。

我该怎样回答？

我对向南风的感情，倪诺分明是知道的，他对向南风的态度冷漠又警惕，总是在向南风的面前绷紧神经，好像向南风下一刻便会将我抢走。

那么倪诺，为什么你分明知道一切，却还不放弃，耐心地容忍我，甚至还开始计划我们的未来？

这样骄傲的倪诺为了我，甚至可以接受情感中的瑕疵吗？

"你……真的考虑好了吗？"我的声音都在控制不住地发抖。

"没错。"他毫不犹豫地回答。

我黯然地闭上眼睛，长舒一口气，挤出一个微笑来："好……只不过时间还长，我们的日子还很多，是不是？你不要急。"

倪诺伸出双臂将我抱在怀中，温热的气息近在咫尺。

他的声音中带着淡淡的忧伤："闻钰，我是爱你的。"

我心中一痛，不由展开双臂回抱他，眼前的倪诺忽然又变得无比脆弱，就像是失去了重要的玩具，再也没办法找回的孩子。

我是扎在他心上的一把涂满了毒液的刀，拔出后生命会终结，可放任不理，痛苦只会日渐增长。

他却任由我伤害，无论怎样的伤口都欣然接受。

我没有办法拒绝他，更不忍心去拒绝他，唯一能做的就只是不让这把刀越扎越深。

月色下、星光下，我们两人的影子交叠在一起，好像永远也不会分开一样，多么美好。

可只有我们知道，这只是镜花水月的一片虚幻罢了。

2.

在这个世界上，每个人的生命都是独立、特殊的，他们以自己的方式生存，以自己的方式去寻找快乐，更以自己的方式去爱想爱的人。

可是无论我们的命运是多么跌宕起伏，曲折蜿蜒，在别人看来，都只是一个可以留作茶余饭后的简单故事而已。

所以，生活总有一天会回到正常的轨道。

倪诺在事业方面的发展简直可以说是一帆风顺，他越来越受到上级领导的重视，职位一跃再跃，以不可抵挡的姿态向着巅峰发展。

我则过着和所有人一样平凡的生活，认识了新的室友，接触了新的环境，空闲的时候寻找兼职，焦头烂额地面对时不时到来的各种考试。

偶尔倪诺会来找我，带我去吃好吃的食物，给我买各种东西讨我欢喜，时刻关心着我的身体，也会抽出时间带着营养品去我家和我的母亲聊天。

我也看得出，他在我母亲心中的位置越来越重了，已经是"未来女婿"的最佳人选，不容改变。

这种生活平淡又安宁，就连儿时父亲毒打我的阴影也几乎彻底消散，成为记忆中一道模糊的影子。

只是……我还是时常会想起那个叫向南风的人。

午夜梦回，醒来时面对窗外熹微的晨光，我好像又看到了他的身影，先是那张明朗似阳光的脸，最后定格在他裹着黑色风衣、瘦得让人心疼、长长的头发遮住双眼、留下一片浓黑阴影的样子。

我迷糊地伸出手，触碰到的却只是虚无的空气。

我掩住脸颊，自言自语。

我说："闻钰，你这个样子，对得起倪诺吗？"

看似安逸的日子一直在平缓地过着，向南风再次回到了国外，临行前他试过联系我，发了无数条短信，也打过无数次电话，却没有得到我的任何回应。

因为寻找程盼盼的那次交集，或许是我们最后一次相聚了吧？

时光飞逝，转眼我已经是又将踏出校园的学生了，在学校和社会中游走，为了接触更多的、不同的人，各种活动我都会踊跃参加，只为毕业后可以找到一份合适的工作。

原本我以为光阴就会这样什么改变都没有地流走，却没想到，已经深埋在我记忆中的向南风，又再次出现了。

学校组织的一次招聘会上，我手中捧着精心制作的多份简历在人声嘈杂的大厅四处游走着，忽然，一个熟悉的声音仿佛藤蔓一样将我缠绕在原地，动弹不得。

那个声音中带着淡淡的笑意与怀念："闻钰，终于找到你了啊。"

我一度以为自己出现了幻听，可身体还是不受控制地向那个声音发出的地方转动。

身后不远处，向南风一只手轻松地放在口袋里，另一只手在半空中挥动着，一身笔挺整洁的黑色西装，站在人群中格外引人注目。

他比从前更高了，也更结实了，白皙的肤色或许是因为国外阳光的沐浴呈健康的小麦色，明亮的黑眸中多了成熟与世故，可潜藏在最深处的那一抹孩子气仍然没有消失。

那一刻，整个世界好像都变得寂静无比，只剩下我们两个人对视。

脑海中嗡嗡作响，有多少句问候和话语都涌上了心头，我竟然慌张得不知道该用怎样的方式开口。

"怎么，不认识我了？我的变化真有那么大吗？"见我没有回答，向南风故作委屈地抬手摸了摸自己的脸颊，"这里人好多，我们出去聊一聊好不好？"

他的语气轻松自在，让我僵硬的神经也缓和了不少。

我将手中的简历全部放回背包中，深吸一口气，点头道："好。"

3.

向南风买来了两瓶冰凉的绿茶，我们找到了一处安静的花园小路，并肩坐在长椅上，清新的花草香气萦绕在周围，缓解了我紧张无措的情绪。

相对无言中，向南风把玩着手中的绿茶率先打破沉默："以后的日子，我不会离开了，更不会再回到国外，我已经下定决心要留在国内发展，或许刚起步的时候会有些困难，可父亲的朋友多少会给我一些照顾——"说着，他好似刻意拉长了声音，"就在这个城市。"

我怔怔地盯着眼前的草地，喃喃道："不离开了？"

"嗯。"他坚定地点了点头，"可能我还是比较喜欢熟悉的地方吧。"

"那你今天怎么会出现在这里？"

"啊……刚回来的几天没什么重要的事情，就想着来看看你。"他笑了笑，"没想到已经过去这么久了，看到你到处递简历的模样，我是真的感叹——闻钰，你变了好多。"

不知是不是我的错觉，我从他的话语中听到了若有若无的伤感。

于是我只能下意识地做出解释："其实也没什么变化，这么久过去了，总不能还像个孩子一样吧……"

我的声音越来越小，最后变得无力起来。

向南风抬起头来，凝视着我的双眼，突然轻声说道："闻钰，我一直都很想你。"

一句简简单单的话，却让我受到了不小的惊吓，好像被火烫了一样猛地从椅子上站了起来，脸色苍白如纸。

我勉强回答："作为朋友，我也很想你……"

"你知道我不是这个意思。"向南风干脆地打断我，"在国外的这些日子，我并不好过，总是想起我们曾经一起度过的日子，那样快乐和单纯，我也曾想不要去打扰你的生活，毕竟如果不是因为我的存在，很多事情也不会发生。"他握住瓶子的手开始颤抖，"可我无法欺骗自己的心。"

一阵微风吹过，树叶发出沙沙的响声。

我呆若木鸡地站在原地，朝他身后的方向望去，只觉得浑身的血液都结成了冰。

许久没有得到回答，向南风不安地抬起头来，看到我在发呆，也顺着我的目光望去。

随后，他的眉头微微皱起。

是倪诺。

他好像站在那里已经很久了，温柔的面孔上看不出任何表情，可就是让我感到无端地惊慌。

我看着他大步向我们走来，很自然地站到了我的身边，先是一把牵住了我的手，随后没什么感情的目光落到了向南风的身上。

"你回来了？什么时候？"倪诺开口发问。

向南风应对自如："没多久。"

倪诺点了点头："那什么时候离开？"

我心中一颤，有些责备地抬起头来盯着倪诺，他却好像没有注意到我的目光一样，继续双目如炬地盯着向南风。

"大概不会回去了，留在这个城市发展。"向南风抿唇一笑，"以后说不定见面的机会还很多。"

倪诺的身子彻底僵住了，他的双眸中也好像浮起了一层寒冰。

"看来你们接下来还有什么事情吧？我就不打扰了。"向南风完全不在意神色难看的倪诺，起身理了理衣服，"我先走了，再见。"

说完，他远远地将手中已经空掉的绿茶瓶子扔进了垃圾桶中，浑身轻松地离开了这个战场一样的地方。

感受到了倪诺内心情绪的波动，我一时忐忑，却又不知道该如何安慰。

可短暂的沉默后，他却扭过头来，对我露出了一个再平常不过的笑容，揉了揉我的头发，问道："饿了吗？带你去吃牛排吧？"

他这样平静还不如对我狠狠发一顿脾气得好，我连忙开口："倪诺，刚刚不是……"

"我知道，是他来找你的吧？"他摆了摆手，"我都明白的，你不用解释，我只是看那个小子不顺眼而已，哈哈。"

我紧闭双唇，再没有了回答。

他总是这样下意识地选择相信我，让我安下心来。

可向南风已经归来，我想起他坚定的话语、执着的双眼……他一定会再次出现的。

倪诺驱车将我带到了学校附近一家我经常光顾的西餐厅，一路上他简单询问了关于工作和简历的事情，还关心了一下我近期的身体状况，对向南风的出现只字不提，好像刚刚发生的对峙只是一场可笑的幻觉。

我一边小心观察着倪诺的神色，一边在心中卑微地祈祷：就让这些事情彻底过去吧。

其实，我才是那个最容易逃避、不负责任的人吧……

明明是午饭的时间，餐厅中却没有一位客人，服务生面带微笑地将我们引到一处阳光很好、视野开阔的位置。

倪诺先是轻车熟路地点好了我最喜欢吃的东西，然后突然想起了什么一样，对服务生做了一个手势："那个东西……不要忘记了。"

服务生点了点头，躬身离开了。

我抿了一口香浓的咖啡，好奇地发问："什么东西？"

他眨了眨眼睛，故意卖关子："等下你就知道了。"

牛排的口感鲜嫩多汁，平日里极少让我接触酒精的倪诺还要了醇厚的红酒，这让我愈发有一种即将发生什么事情的预感。

果然，午餐已经进行了一大半，服务生却推着一只餐车缓缓出现，几束鲜红耀眼的玫瑰作为装点将餐车围绕，中央还摆放着一个色彩鲜艳的巧克力蛋糕。

"你这是做什么？"我微愣，随后不由失笑。

倪诺并没有回答，他放下手中的刀叉，起身向餐车走去，先是让服务生离开，随后将那个巧克力蛋糕放到餐桌上，又捧起最绚丽的一束玫瑰，凝视我的双眼，在我震惊的注视下，单膝跪地。

我看到了，玫瑰中，有一枚璀璨华丽的钻戒，它散发着寒冰一样的光芒，在大片鲜红色彩的映衬下，刺得我眼睛生疼。

"我为了今天计划了很久了，闻钰。"倪诺缓慢而低沉地说，"你已经快要毕业了，还记得我曾经说过的话吗？嫁给我，让我们永远在一起，我会给你幸福。"

他不顾我的反对，拿起那枚钻戒，强硬地戴在我的手指上。

"我还没有……"我慌乱地四处张望，想要拒绝却又不知该以怎样的方式开口。

"只要你答应我，我们还有很多时间去准备，不是吗？"倪诺的语调带着一种我无法拒绝的坚持。

为什么……

我呆呆地望着那枚钻戒。

为什么心脏会感到隐隐作痛？

我们在一起的时间已经很久了，他也给了我生活中的全部，让我快乐，让我躲在他的臂膀下不去承受任何苦楚，当他单膝跪地向我许诺会永远给我幸福的时候，我不是应该喜极而泣，扑进他的怀中答应下来吗？

"对不起……倪诺……"我垂头慢慢地抚摸手指上那枚冰凉的钻戒，"我现在还不能答应你，可以给我考虑的时间吗？"

等到我可以完全不再顾虑那个人的身影，等到想起他的时候不再心痛……

可是……真的会有那一天吗？

我不想这样将就自己的感情，更不想让倪诺永远活在这种可能会失去的痛苦之中。

倪诺目光低垂，久久没有回答。

我神色黯然地将手指上的那枚钻戒取下，想要重新放回他的手中，却被他阻止，强硬地推了回来。

"闻钰，我不强求，我会给你考虑的时间，钻戒你要收下，哪怕只当作我送给你的一个小礼物也好。"他低声恳求着。

这种重要的东西怎么可以当成普通的礼物？我刚想开口拒绝，却看到了他那双满是悲伤的眼睛，最终还是重重地点头。

接下来用餐的气氛变得诡异而尴尬起来，虽然倪诺找到很多有趣的话题想要逗我开心，可因为刚刚求婚而引起的内心波澜还没有完全平静下来，对于任何事情我都变得有些心不在焉。

求婚……

如果母亲知道，一定会满心欢喜地让我答应下来吧？

我到底该怎么办？我真的可以完全忽略向南风的存在，和倪诺幸福地走向未来吗？

谁能给我一个答案？

4.

自从上次在学校见到向南风后，我总是会在某个地方"碰巧"再次和他相遇。

有时是附近的麦当劳，有时是安静的咖啡馆，甚至在我们学校的图书馆都会看到带着淡淡的笑意出现在我面前的他。

我好像又回到了从前的那个自己，总是有意无意地躲避着他的身影，对于他频频提出的"一起用餐"的要求也一口拒绝。

向南风好像一道柔软的影子，他频繁的出现引起了倪诺的警惕和危机感，他开始不顾工作的忙碌，总是和向南风争抢着出现在我的面前，相遇时，他们都像是浑身竖起了尖刺的刺猬，互不退让。

我被这种无形的压力折磨得快要疯掉。

在一个阳光明媚的午后，再次拒绝向南风的邀请后，我六神无主地坐在图书馆黑暗的角落，只觉得头痛欲裂。

忽地，脑海中浮现出一张明媚的笑脸——

那是姜幸。

她向我挥着手，大声地笑着，眼中却满是担忧。

她说："闻钰，你怎么了？不开心吗？"

我双手环住身子，眼睛又酸又痛，泪水落下。

我不停地点头，一遍又一遍地重复着：我不开心啊，我真的不开心。

夹杂在这两个人的中间，我到底该怎么办才好？

无数困惑在脑海中爆炸，我愈发想念姜幸的音容笑貌，好想她再次坐在我的身边，听我细细诉说这些烦恼。

于是我擦干脸上的泪水，去买了两罐冰镇啤酒，在谁也没有告知的情况下，朝姜幸坟墓所在的方向走去。

姜幸，我们好久不见了。有很多的事情，我要和你聊一聊呢……

或许是因为时常有人打理的关系，坟墓的四周十分干净，甚至还摆放着一束微微发黄的百合花。

这应该是许泽君放在这里的吧？

我长舒一口气，虚脱似的靠在了她的墓碑旁，启开一罐啤酒，开始唠唠叨叨地说着这段时间发生的事情。

我说了倪诺的温暖，说了他制造的浪漫求婚，说了我的向南风纠结的心思，还有那缥缈不定的未来……

一滴苦涩的眼泪落下，我望着墓碑上姜幸那张永远年轻、似向日葵一般明朗的笑脸，声音颤抖得不成样子。

我说："姜幸，我到底应该怎么办？到底哪里才是我最好的归宿呢？"

冰冷的风吹过，当然没有人可以回答我。

我抱住姜幸的墓碑，哭得撕心裂肺。

好想再听到你的声音。

哪怕回答我短短一个字也是好的啊……

5.

倪诺的感知能力一向是极其敏锐的，这次也不例外。

自从去过姜幸的坟墓后，我整个人都变得消极起来，经常会在吃饭、做事的时候望着某个方向静静出神，倪诺多次叫我的名字都没有得到回应。

我想，他应该早已猜测出我苦恼的原因了吧？

可到底是什么让他继续坚持着不放弃呢？

他开始抽出更多时间来陪伴我，甚至还买来一只毛茸茸的金毛犬来逗我开心。

摸着它毛茸茸的皮毛，我感到格外踏实。

倪诺给它取了一个有趣的名字——太阳。

他说:"我希望它可以成为你的太阳,在你冰冷无助的时候陪伴你,给你力量。"

我明白他的良苦用心。

可是我依旧无以为报。

好不容易等到倪诺休息的日子,为了让我走出困惑的阴云,倪诺又买了两张游乐园的门票,带着期待的神色拿到我的面前。

我笑着接过来,拍了拍他的额头:"难道我们还是小孩子吗?"

"虽然不是小孩子,可是还年轻。"倪诺笑眯眯地握紧我的手,"偶尔去感受这些干净纯粹的快乐也是不错的。"

我垂下头去,望着那两张五颜六色、画着顽皮小丑的门票。

或许倪诺说得没错,是时候放下所有烦恼,去疯狂地感受一下那些专属于孩子的快乐了。

由于是休息日,游乐园的人格外多,孩子们牵着父母的手四处兴奋地奔跑着,相依而靠的情侣手中拿着造型各异的气球互相低语,无论是怎样的人,都很容易被这里愉快的气氛感染。

倪诺仔细研究着手中的路线图,好像一名老师一样唠叨着:"有很多项目你大概会不感兴趣的,我都已经研究好了。今天天气这么热,前面的'激流勇进'很有趣的,哈哈,还有那个旋转木马……我们不需要有目的性地把每个都玩遍,你喜欢哪个就到哪里去,好不好?"

我点了点头,露出一丝狡黠的笑容,故意发问:"啊……你有没有胆量坐过山车?我可是一直想尝试那个呢!"

倪诺摊开双手："你想看我害怕的样子？那你可要失望了，到时候大叫出声的人是谁还不一定呢！"

说完，我们不约而同地哈哈大笑起来。

倪诺拿出了事先准备好的相机，逼我摆出各种搞笑的姿势去和手中满是气球的小丑、人偶合照，还把我推上满是孩子的"宇宙飞船"，自己却躲在下面捕捉我不自然的表情，事后还威胁我要将这些全部洗出放大，贴在我们学校的门前。

我无可奈何，在人山人海的游乐园里追着他打闹，最后被他买来的水果冰激凌收买，没骨气地安静下来。

终于轮到了最后一个我们都万分期待的项目——过山车，拥挤的队伍中，倪诺满意地翻看着相机中的照片，频频点头："看来我改行去做摄影师也是不错的选择。"

我扬了扬手中的冰激凌："你还差了十万八千里呢！"

"哦？"他挑了挑眉，向我靠近，"现在还敢和我挑衅？等到了过山车上，你害怕大叫的可怕表情也会被我拍下来哦……"

我装作愤怒地板起脸来："你敢！"

倪诺哈哈大笑，伸手揽住我的肩膀。

我也忍不住弯起嘴角，心情放松下来。

已经很久没有看到这样的倪诺了。

这是他最后一刻的笑容，永远在我的脑海中定格，变成了灰色的回忆，我永远也不想去触碰的伤口。

所有难以预料的意外，都是在人们最幸福的时刻，猝不及防地到来。

轮到了我们，我和倪诺坐在车尾处，他体贴地为我系好安全带。

在工作人员的常规检查后，车子缓缓发动，由慢变快，身边的景色变得模糊起来，凄厉的风声刮过耳边，前前后后响起了惊恐而畅快的尖叫声。

我紧紧闭上眼睛，恐惧在喉咙中翻滚，却倔强地不发出声音，双手死死抓住安全带。

"怎么样，闻钰，怕不怕？"倪诺的声音带着风声传来。

"不怕！"用尽所有勇气，我转过头去，大喊出声。

话音刚落，过山车突然开始了剧烈的晃动，原本还以为是车冲下轨道造成的，并没有人在意，叫喊大笑的声音越来越大，所有人都当这是突如其来的刺激升级。

可随着晃动越发明显，甚至有人的脸颊被旁边的树枝划出了几道血淋淋的口子，才有人发现事情不对。

不安将我整个人包裹，我颤抖着睁开眼睛，赫然发现车子已经偏离了原来的轨道！

"这是怎么了？"我四处张望着，大吼出声。

倪诺的脸色也变得铁青，情急之下他一把抓住我的胳膊，在我耳边安慰："没事……别怕……有我……"

可话没说完，车子竟轰隆一声，完全脱离了轨道，翻滚着朝下方掉落！

死了……

那一刹那，我的脑海中只出现了这两个干巴巴的字眼。

所有的人都在尖叫，还有人在哭泣。

我的神志已经开始混乱，迷茫之中，我感到倪诺扯开了安全带，一个翻身将我抱在怀里，胳膊也紧紧护住了我的头。

他要做什么？这样下去，他会先着地，会没命的！

来不及发出质问和警告，我挣扎着想要脱离他的怀抱，可坠落速度之快让一切脑海中所想的都没有办法变成现实……

"闻钰。"倪诺的声音还像平常那般温柔忧伤，只是在这样的时刻，变得缥缈如烟，"你要好好活下去。"

我来不及回答，巨大的疼痛感让我大叫出声，满目的鲜血在眼前蔓延开来，浑身的骨头都好像被捏碎了一样，发出刺耳的响动，就连大脑中也仿佛有一只带着尖刺的手指在不停搅动，扰乱我的思绪……

倪诺……

神志不清的我拼命睁开眼睛，却只看到那片充满了血腥气息的红色，一点儿一点儿，变成一条蜿蜒的河流……

6.

剧烈的疼痛让我从那个黑暗的、混乱不清的噩梦中清醒过来，耳边先是响起了仪器嘀嗒嘀嗒的声响，随后眼前那片浓密的白雾也渐渐散去，映入双眼的是医院雪白的天花板。

"嗯……"

我艰难地从喉咙里发出一个含糊不清的音节，却听到哗啦一声，是椅子拖动的声音。

"醒了……闻钰醒了……医生！医生快来看看啊！"母亲仓促的背影跟跟跄跄地向门外跑去。

一双温暖干燥的手抚上我的额头，向南风担忧的面孔也随之出现。

"闻钰，现在意识清醒吗？认得我是谁吗？"向南风的语气从来没有这样焦急过。

我木然地转动了几下眼珠，所有发生的事情也一点点重新回到了脑海中。

对了，我和倪诺一起去游乐园，我们玩了很多游乐项目，也拍了有趣的照片，最后一起坐上了过山车，出了很大的故障，他在危急时刻把我护在了怀中，他……

"倪诺怎么样了？他在哪里……我、我要去见他！"我腾地一下从床上坐起来，挣扎着想要扯掉输液管，随之而来的是一阵无法抵抗的疼痛，好像身子里有一个狂暴的机器不停搅动一样……

可是……倪诺，我要看看他，他会没事的，他一定平安无事……

"你先躺下休息！现在你不要乱动！"向南风暴怒地将我重新按回床上，"你也不看看自己都变成了什么样子！"

"求求你，告诉我，倪诺现在怎么样了……"我急促地呼吸着，眼中满是泪水，"他保护了我，可他呢？"

向南风的手僵在那里，他皱起眉，目光阴沉地望着窗外。

他在对我的问题选择逃避。

那么就说明……

"告诉我，请你告诉我。"大脑一片空白，我的思绪也奇异地平静了下来，"如果你不说，我会自己去看的。"

"倪诺他……抢救无效，已经离世了。"向南风的声音沙哑不已，"他伤得太重，特别是脑袋，送到医院的时候已经没有呼吸了。"

抢救无效……

我的双眼骤然睁大，连呼吸都变得困难起来。

这是在和我开一个荒诞的玩笑吗？

倪诺说好永远守护在我身边的，他坚定的话语仿佛还在耳边回响，那么清晰，挥之不去……

他怎么会突然离开？

走廊里传来焦急的脚步声，几位拿着各种仪器的医生冲进房间给我进行检查，母亲双手捂住嘴巴，短短几天不见，她苍老的速度令人吃惊，两鬓的斑白愈发明显，泪水缓缓落下。

我毫无知觉地任由那些医生摆弄，好像沉入了一汪让我无法呼吸的泉水之中，连挣扎都没有办法做到。

整个世界都变得空白而寂静，我什么也看不到，什么也听不到。

我甚至希望，那个离开的人是我……该有多好……

"让我去见见倪诺，现在就去……"我哽咽着开口，双手紧握成了拳头，"无论如何也要去。"

"闻钰，你冷静一下……"向南风上前无力地安慰。

"我没有办法冷静！都已经变成了这个样子你要我怎么冷静！"我怒吼出声，用最后的力气推开那些满面无奈的医生，"我自己去好了……"

所有人都面面相觑，最终还是站在最前面的那个医生叹着气挥手："让她去吧，去取一辆轮椅过来……"

在母亲和向南风的陪伴下，我被缓缓推到了阴沉恐怖的太平间里。

我一眼就看到了安静地躺在那里的倪诺，他浑身上下的衣服都变得脏兮兮的，甚至还有很多地方都撕裂出了大大的口子。

他裸露的手臂和手指上都是已经干涸了的血液。

"闻钰，你……"

母亲刚担忧地开口想要嘱咐些什么，却被我伸手打断。

我现在只想看一看倪诺。

冰凉的手指抚上他苍白的面孔，先是那双紧闭的眼睛，然后是高挺的鼻梁，再是毫无血色的嘴唇……

不久前他还开心地对我笑，说要将他拍下的我的照片都放大贴在我们学校的门前。

可是为什么……他就这样离开我了呢？

天使一样的倪诺，总是小心翼翼地呵护着我，在意我的感受。为了让我彻底远离烦恼，他绞尽脑汁计划惊喜，让我平淡无趣的生活增添许许多多明亮的色彩。

我怎么可以承受他的离开？

双眼酸痛得要命，泪水一滴一滴落在他比寒冰还要冰冷的脸颊上，我俯身将头埋在他的怀中，他却不能再次伸出手来，温柔地抱一抱我，轻声安慰。

"倪诺，我、我还没有答应你的求婚，你说好要给我幸福，我们要永远在一起的，你这个不守诺言的人，为什么就这样……我甚至、甚至还没有说过一句我爱你啊……

"这么多年来你一直陪在我的身边，我也终于变成你想要的样子，我和其他正常女生一样上学、工作……可是……你不看着我……那又有什么意义啊……

"为什么要抛下我，我该怎么办……"

撕心裂肺的哭喊声回荡在幽冷的太平间里。

好像灵魂都在一点点消失，被野兽尖利的牙齿啃噬着、撕扯着。

曾经的黑暗已经渐渐走远，我以为它们再也不会出现的时候，新的黑暗却再次降临。

我要怎样承受，怎样度过？

倪诺，没有你的日子，这个世界都失去了色彩。

我将永远活在这一片无边无际的空白之中，做一只囚笼之鸟。

7.

向南风一直寸步不离地陪在我的身边，照顾我的起居，观察我伤口的愈合情况，事无巨细，甚至还找来很多有趣的故事读给我听，企图分散我的注意力。

我的大脑空洞了，内心也空洞了。

有时我在想，或许都是我的错吧，如果不是我，倪诺也不会离开，难道不是吗？

姜幸因为我接受了手术，离开了我；倪诺为了保护我，牺牲了自己，同样离开了我。

这个世界上，最应该消失的人，是我才对吧？

每天面对着陪伴在我身边的向南风，无数回忆也袭来，我时常会变得恍惚，这一切都是一场梦吗？那我什么时候才可以醒过来？

我真的已经受够了。

我的身体渐渐痊愈，向南风一起陪我处理倪诺的后事，看我在葬礼上出神发呆，陪我来往于学校与招聘会场之间，从没有一句怨言。

看着他因为疲惫而日渐消瘦，却总是在我面前强颜欢笑的脸，终于有一天，我淡淡地对他说："向南风，这些日子十分感谢你，不过……你还是离开我的身边吧。"

我再也没有办法坦诚地去接受你了。

我真的很累。

彼时，向南风正在将绿茶盖子体贴地拧开，听到这样的话，他整个人僵在那里。

他勉强露出一丝微笑，轻声说："闻钰，不要闹脾气。"

"我没有。"我抿起苍白的嘴唇，"你知道我是认真的。"

向南风的手无力地垂下，怔怔地望着不远处的桐树。

他一定是想到曾经了吧？

"突然……好想回学校去看一看，那里的天台、小卖店、操场，都有什么变化……"他垂下头去，轻轻摆弄着手中的绿茶，"我们一起去看一看，好不好？"

我无力地垂着头，听着他近乎恳求的询问，轻轻点点头。

8.

熟悉的走廊与教室，穿着整齐校服的身影，还有那一张张带着明亮笑意的、有些稚嫩的脸庞。

"刚好到了午饭时间，我去买两份盒饭，你去天台等我吧。"向南风变魔术一样从口袋里拿出了不知从哪里弄到的钥匙，放进了我的手中。

我紧紧地握着冰凉的钥匙，无言地朝天台的方向走去。

还是一样的栏杆、一样的摆设，就连堆在角落里的那几张破旧的桌椅也没动过。

"闻钰，我们今天吃什么啊？"

姜幸愉快的声音从某个地方传来。

"我这次和食堂的阿姨说了好久，她才给了我很多西红柿！你也多吃点儿，好不好？"

好像她就在我的身边一样。

我认真地打量着这个熟悉的地方，脚下的每一片地面，都曾有过我们的足迹。那些时光，只是回忆起来，就美好得让人落泪。

我站在天台边缘的栏杆处，俯瞰脚下熟悉的校园。

那里是姜幸和向南风曾经对阵过的篮球场，那边是我们并肩走过的树荫，而这里曾是姜幸宣泄内心的地方，她手中夹起一支香烟，烟雾缭绕中说起内心的悲伤……

就在我完全沉浸在回忆的海洋中不可自拔的时候，一阵刺耳的声音划破天际——

"刺啦刺啦——"

这一刻，时光仿佛倒流了。

校园广播中，再一次响起向南风的声音，带着永不言弃的坚韧，响彻了整个操场——

"闻钰，听得到吗？"

"闻钰，我是向南风，我爱你，请和我在一起好吗？我会给你幸福，并且永远让你幸福下去……"

"让我陪在你的身边，好不好？"

再也控制不住内心的悲伤，我弯下腰去，呜咽着、哭泣着，拼命地摇着头。

"闻钰，给我一个机会好吗？请你相信我……"

向南风还在不断地重复，一遍又一遍，仿佛永远不会结束。

我颤抖着起身，逃离似的走出了这个充满回忆的天台。

我等不到向南风回来了，因为我不知道该怎样去面对他，更不知道该给他怎样的回答。

天台的门被永远地关上了。

就像我们之间的关系，再没有可以缓和的机会。

我独自走出校园，身后的声音变得越来越模糊，越来越遥远。

拿出手机，找到向南风的号码，我泣不成声地发送了一条短信——

"向南风，我已经亏欠了那么多人的幸福，现在还有什么资格去拥有它呢？"

我早已不配了啊……

屏幕上显示短信已经发送成功，我决绝地将手机关机，抽出SIM卡，扔进了身旁的垃圾箱中。

这次，是真的要说再见了。

9.

我又一次去了倪诺和姜幸的坟墓，买来了两束盛开的百合，放在他们的坟前。

你们在那个世界还好吗？是不是一直在看着我？

我不会辜负你们的希望，再自暴自弃，消沉下去了。

天使一样的倪诺和姜幸，会祝福我的，不是吗？

倪诺的屋子已经空了，我将它收拾得干干净净，又将和我已经变得无比亲密的金毛犬太阳转送到了舅妈家。

程盼盼很喜欢这只活泼的小狗，她蹲在地上抚摸着它毛茸茸的皮毛，仰起头来问我："闻钰姐，离开了它原来的主人，一定会很伤心吧……"

我微愣，不由垂头去看太阳圆圆的眼睛。

它拼命地摇着尾巴，不停想向我扑来。

我说："应该会的，可一切都会过去的，不是吗？"

程盼盼并没有理解我话中的含义，她只是很开心地太阳闹在一起，向我信誓旦旦地承诺着："我一定会好好对待它的！"

我笑着点头："有你这句话我就放心了。"

因为我也要离开这里了。

我联系好了一家偏远城镇的残障儿童福利院，那里的很多孩子童年都有着难以磨灭的阴影，他们没有父母、没有亲人，他们需要一个可以给他们关爱与陪伴的人。

我想这个工作对于我来说再适合不过了。

这个决定是匆忙的，所以离开的时间也很仓促，临行前的一天晚上，母亲唉声叹气地帮我收拾行李，拼命不让眼泪落下。

我将头轻轻埋在母亲的怀中，安慰道："妈，我还会回来的，不是吗？况且我已经长大了。"

"唉！"母亲叹着气摇头，"钰钰，我知道你的心里很难受，我也不会去干涉你的决定，你快乐，我也就放心了。"

"妈，我会的。"我好像在对自己发誓，"我一定会的。"

这一夜，我会母亲再次睡在同一张床上，我感受着她熟悉温暖的体温缓缓入睡。

梦中，好像有一滴眼泪落在我的脸颊上。

那么轻，轻得好像幻觉。

然而离别的时刻终究会来临，我与母亲拥抱告别，假装没有发觉她一直在我身后凝视的背影，缓步离开了。

最后一次走过那熟悉的街道、种满了桐花树的公园、姜幸等待我上学的街口、向南风执着徘徊的路灯下。

路过曾经兼职的清吧，远远就可以看到曾对我关怀有加的老板娘，她更加成熟了，画着明丽的妆容，已经长大的孩子靠在她的身边挥舞着小手，仰起头来开心地嘟囔着什么。

陈奕迅低沉的歌声缓缓传来，在空气中渐渐扩散，带着悲伤的味道。

还是那首我熟悉的《积木》——

"我们的关系多像积木啊

不堪一击却又千变万化

用尽了心思盖得多像家

下一秒钟也可能倒塌

幸福的期待真像积木啊

多会幻想就能堆多漂亮

可惜感情从来就不听话

从爱出发却通往复杂……"

尾声 等待是无言的结局
EPILOGUE

灰色积木

Grey Block

"向南风，他最近过得怎么样了？会不会也和我一样，完全告别了过去，重新拥有了属于自己的生活，找到了所爱的人，步入了婚姻的殿堂？"

1.

在福利院的生活可以说是我最难忘却又最快乐的时光。

这些孩子都有着比天空还要纯净的双眼，他们总是带着胆怯又亲近的目光围绕着我，在我的身边转来转去，有时不知从哪里摘来一束新鲜的花，害羞地塞进我的怀中，有时会用笨拙的双手在白纸上涂抹色彩绚丽的画像，同样送到我的面前来。

他们在渴望关怀，同样也在害怕失去。

有时还会有胆大一些的孩子扑到我的怀里，声音嗲嗲地发问："闻钰姐姐，你会不会离开我们呀？"

我抚摸着他们柔软的头发，笑道："为什么这么问？"

孩子嘟起嘴巴，失落地回答："父母离开了，阿姨和叔叔也离开了，我害怕闻钰姐姐有一天也会消失在我们的眼前啊……"

年龄不大的孩子会说出这样的话来，他们曾经到底经历过怎样的事情呢？

我伸出一根小手指："我不会的，来，我们拉钩做约定好不好？"

仅仅是玩笑一样的话语，孩子就能笑得天真烂漫。

不知为什么，这样的孩子，竟让我感到无比心酸。

这样的日子一直持续了三年之久，我极少回到原来的地方，只是和母亲保持电话联系，她说向南风想尽了办法想要联系我，母亲却无论如何也没有告知他我到底身在何方。

渐渐地，他便不再上门打扰。

我想，他是已经放弃了吧。

第三年的冬天，我收到了一个让我吃惊的东西。

是程盼盼的婚礼请柬。

那上面是她亲自写的字，大红色的外皮，里面有一张照片，上面是程盼盼和她的未婚夫。

这个曾经倔强地跟随在卢天意身后的高傲女孩也终于找到了自己的归宿。

我想了想，还是决定亲自参加。

于是我收拾好了行李，马不停蹄地朝那个我许久不曾回归的城市奔去。

难道我的内心还在期待着什么？

奔波的劳累完全不足以和归家的喜悦相比，母亲虽然看上去更加苍老，可气色红润，开门看到我的那一瞬间，眼泪潸潸而落，止也止不住。

"闻钰啊……为什么会瘦成这个样子？"她颤抖着握住我的双手。

我摇了摇头，安慰地笑道："哪里瘦了，是妈你的错觉而已。"

母亲长叹着气，将我拉进家门，手忙脚乱地给我炖了一锅据说可以大补的汤，还做了很多我喜欢吃的菜，不停夹到我的碗中。

这种久违的温馨几乎让我落泪。

随后我们一起准备妥当，向程盼盼的婚礼现场赶去。

程盼盼身穿一身雪白的华丽婚纱，化着精致的妆容，脸上的幸福笑容纯粹而真实，她身边的那个男人是和卢天意完全不同的类型，满脸老实，给人一种很踏实的感觉。

舅舅和舅妈也重新走到了一起，两人欣慰地望着自己的女儿，激动得满脸通红。

就连那只金毛犬太阳也被她穿上了定制的黑色西装，摇着尾巴满场跑来跑去。

"闻钰姐！你来了！"程盼盼看到我的时候眼睛一亮，亲密地扑上来挽住我的手臂，"我一直都很想你呢！"

"现在有这么好的人陪在你身边，还有心思想我吗？"我忍不住调侃。

"讨厌！"程盼盼笑着拍了拍我的肩膀，"你先去坐，我等下和你聊天！"

说完，她像一只白色的蝴蝶一样在礼堂中穿梭。

舅舅和舅妈也欣喜地围了上来，询问我最近的状况，还不断端来各种新鲜水果送到我的面前，曾经的顾忌与敌意全都消失不见，留下的只是亲人间纯粹的关心。

不多时，主持人满面欢喜地走上台，《结婚进行曲》也在耳边响起，程盼盼挽着那个值得托付一生的男人的臂弯，从另一端手捧鲜花，缓缓走来。

每迈出一步，她脸上的笑容就加深一分。

所有人都屏住呼吸，看着这位美丽的新娘，脸上满是诚挚的、祝福的笑容。

就在我看得已经完全出神的时候，坐在我身旁的母亲突然靠近，握住我的手，长叹一口气。

她说："闻钰，妈妈什么时候可以看到你穿着婚纱，走向婚姻的殿堂？"

我沉默良久，淡淡地回答："妈，你不是曾经和我说过，或许是我要等待的人还没有出现。我的人生还很长，我并不害怕等待。"

2.

程盼盼的婚礼一直进行了很久，主持人还设计了许多别出心裁的项目和来宾们互动，气氛越来越热烈，每个人的脸颊都因为酒精和喜悦的作用变得绯红，双目也似星星般明亮。

在婚礼结束前的最后一刻，程盼盼和新郎紧紧相拥，有几位年轻的姑娘甚至忍不住落下了眼泪。

幸福就应该如此吧，连身边的人都可以感受到这种令人艳羡的气息。

离开礼堂前，程盼盼带着太阳追了出来，她一把挽住我的手，像许多年前那个夜晚一样，将头轻轻靠在我的肩上，静静诉说着心事。

我捏了捏她的脸蛋，轻声问："怎么？都是做了新娘的人了，还有什么不开心的事情吗？"

程盼盼握着我的手顿时一紧，声音也变得哽咽起来："闻钰姐，你离开的这些年我经常在想你，曾经你对我那么好，我却在卢天意的面前说你的坏话，还和爸妈一起将你赶出了家门……我……一直都很愧疚，有时我总是觉得，如果我当时对你好一点儿，真心实意和你相处，你会不会就没有那么多痛苦了？会不会继续留在这个地方？我……真的对不起……"

她的声音越来越轻。

看着这样的程盼盼，我内心五味陈杂，又是欣慰，又是心酸："过去那么久的事情了，怎么还要想？多浪费心神啊！而且我过得也很不错，那里的孩子都很可爱，和他们相处，我很轻松呢……你忘了，你已经和我道过歉了啊？"

"你不怪我，我也就放心了。"她抬手将涌出眼眶的泪水一把抹掉，再次抬起头来，望着我微笑，"现在我结婚了，有一个爱我的人，我也爱他，他会陪我走下去，一直照顾我……闻钰姐，你也要早点儿找到那个人，好不好？到时候我带着太阳一起去参加你的婚礼，祝你幸福。"

这一番话说得真心实意，让我的双眼都忍不住泛酸。

我紧紧地握着她的手，不停点头："你放心，过好你的日子就可以啦，哪里还有心思去担心别人？"

程盼盼长长地"嗯"了一声，又在我的肩上靠了很久，说了不少贴心的话才恋恋不舍地离开。

看着她的背影，我想，这次我是真的释怀了。

回到家后，母亲拉着我和她一起睡，她听我讲述这些年在福利院发生的事情，听到那些有着不幸人生却依旧坚强面对的孩子，她心疼地落下泪来。

我们就这样在那熟悉的昏黄灯光下窃窃私语，她温暖的手掌不时抚摸着我的头发和脸颊，好像害怕我会再次离开一样。

"向南风那个孩子，不知道现在过得怎么样了呢……"

即将入睡前，我听到母亲长叹一声，说出这样的话来。

我甚至以为自己产生了幻觉，只觉得一切都变得十分遥远。

向南风，他最近过得怎么样？会不会也和我一样，完全告别了过去，重新拥有了属于自己的生活，找到了所爱的人，步入了婚姻的殿堂？

3.

对于这个充满回忆的城市，很多东西都是念念不忘的，这些年在福利院时，我也总是会想起生活在这里的点点滴滴，有时还会笑出声来。

这次难得回到这里，我要将曾经走过的地方重新再走一次，也算是一次不错的游历了吧？

清晨醒来，看着仍在熟睡的母亲，我收拾好了屋子，准备了丰盛的早餐，简单收拾一下便走出了家门。

熟悉的过道与街角，还有那些没有什么改变的建筑，我戴上耳机，依旧循环播放着陈奕迅的歌曲，沿着这条已经走过了无数次的路，一直走到了曾经兼职的那家清吧。

外表看上去虽然没有什么特别的变化，可我仍然可以轻易地辨别已经做了很多次改变，老板娘仍没有什么大的变化，只是岁月在她的脸上留下了微小的痕迹，唯一不变的是那抹淡淡的笑容。

我想了想，还是推门走了进去。

在看到我的一瞬间，老板娘完全怔住了，在打量了我半晌后，她发出一声不可思议的轻呼。

"闻钰？你是闻钰吧？"她双手扳住我的肩膀，细细打量，"什么时候回来的？怎么瘦了这么多？变化好大！"

我不好意思地笑了："昨天刚回来的呢，倒是老板娘你一点儿没变。"

"唉！我是变老了才对！"她的双眸中流露出欣喜的神色，扯着我向秋千的位置走去，"这些年过得怎么样？也不经常回来看看。"

说着，她亲自给我调制了一杯最新款的咖啡，还端上了平日里我最喜欢吃的甜点。

"我呀，给这里做了好几次装潢，你看，好多东西都变了呢。还记得你之前说过很多年轻的学生都喜欢听现场音乐，于是我就加上了舞台，那里还有吉他和音响……哈哈，现在看来，是不是越来越像酒吧了？"她笑吟吟地指着前方。

我点了点头："看起来比以前好多了。"

"丫头嘴还是那么甜。"她推了推我，又说起我不在的这段时间里都发生了什么事情，包括她和自己的丈夫发生矛盾婚姻险些破裂，还是乖巧的孩子化解了矛盾，现在一家三口幸福美满，日子过得平淡，再没有什么烦恼。

在这里的时光过得飞快，不知不觉已经喝完了几杯咖啡，我正打算起身告别，老板娘突然拉住我，神秘地说："对了，你回来得也正是时候，你曾经的学校现在也有了很大的改变，难道不打算去看看吗？"

学校……

听到这两个字，我一时愣在那里，心头一阵温热。

那个安静的天台、那条熟悉的小路、那个静谧的花园还在吗？

熟悉的小卖部，挥洒着青春汗水的篮球场，我们一起走过的林荫小道……

平淡无波的心情突然翻涌起来，我竟有些迫不及待地起身和老板娘打招呼："要……要的，我现在就去！"

说完，不等满面笑容的老板娘再说些什么，我飞快地冲出了店，朝学校的方向赶去。

这是一种怎样古怪的心情？

我无法理解。

说好已经释怀的曾经，那些深深烙印在脑海之中，和黑白老照片差不多的青涩回忆，不是应该已经对我的生活没有任何影响了吗？

可是为什么……我还会这样期待呢？

远远就清楚地看到了学校的正门，或许是刚刚整修过，乍一看异常陌生，变得宏伟壮观了许多，还有穿着保安服的大叔警惕地在四周巡逻。

我上前简单说明了原因，大叔很轻易地就将我放了进去，还一边大笑，一边拍着我的肩膀说："现在会重新回到学校来探望的人可不多！不过今天有市里的领导来视察，好像有一位曾经也是学校的学生……不知道你们认不认识……"

大叔的话我还没有听完，就焦急地迈进了这个充满了回忆的校园，按照脑海中的记忆，重新走过了每一个角落。

小卖店更大、东西种类更齐全了，只是冰凉的绿茶还在，食堂中的饭菜也是熟悉的味道，包括那个只属于我们三人的天台。

那时的我们，姜幸永远笑得阳光明媚，好似天空中那明亮的太阳；向南风不甘地和她抢夺着饭盒里的西红柿，却总是不约而同地将里面的鸡蛋全都夹到我的碗中；而我，安静地坐在一边，望着他们吵吵闹闹，时光就在这样的气氛中无声地流逝，渐渐化作天边的云彩，越来越远，越来越模糊。

原来，这些画面还如此深刻地烙印在我的心中。

不知怀着怎样的心情，我将校园彻底走遍。

我暗自庆幸，属于我的、存在于我记忆里的那些地方，都没有太大的改变……

尾声 等待是无言的结局

EPILOGUE

我安静地坐在林荫小道旁的长椅上，望着头顶茂密的桐树叶，阳光透过枝丫间的缝隙缓缓洒落，那么灿烂，那么宁静。

前方有一群人走走停停，忽然有一个挺拔的身影僵硬地停在那里，遥遥地朝我所在的方向张望。

那个熟悉的身影……

我浑身变得冰凉，同样难以置信地起身。

竟然是向南风。

他身边都是西装革履、面带笑容的领导，可他却满不在乎地将他们丢在原地，迈开大步，朝我的方向奔跑过来。

那一刻，我再也不想逃避，再也不想躲开。

他英俊成熟的脸上满是温柔，我被他狠狠拥在怀里，只听到他沙哑的声音在耳边喃喃。

他说："闻钰，我知道总有一天你会回来的。"

我安静地靠在他的怀中，抿紧双唇。

"你还在等吗？也许你这一辈子都等不到呢？"

"我在等。"他的声音无比坚定，"我会一直等下去，永不放弃。"

子夜蔷薇织偶

Tales Of Holy Rose

传说，有一个十分神秘的特工组织X，集结了世界上最强的精英特工，他们总能完成最不可能、最不可思议的任务。

现在，X特工组织又有了新任务——寻找失踪少女薇薇亚。首先，就是去薇薇亚失踪前原本要参加的城堡派对，寻找少女失踪的线索。那么现在，我们的特工华丽大冒险开始啦！

心理测试：什么样的男生是你命中注定的搭档？

①. 身为特工，乔装打扮是基本技能。现在需要进入一个城堡，在正在举行变装派对的现场寻找线索，你会打扮成什么人物？

A. 可爱兔女郎

B. 街头不良少女

C. "黑长直"发型的中国娃娃

D. 疯癫精神病人

②. 优美的音乐响起，众人走向舞池，如果有人邀请你跳舞，你会接受谁的邀请？

A. 个性张扬的艺术少年

B. 穿黑色燕尾服的绅士

C. 打扮成泰迪的温暖男生

D. 俊美神秘的吸血鬼

③. 一曲终了，舞伴在离去前将一个字条塞进你的手心，你觉得上面写着什么？

A. 我知道你的身份，请赶紧离开

B. 我对你一见钟情。派对后，请到花园等我

C. 食物有毒，你要小心

D. 走廊最里面的房间有你要的线索

④. 服务生端来的酒水，你觉得什么最可能有毒？

A. 白开水
B. 红酒
C. 鸡尾酒
D. 果汁

⑤. 走廊尽头的房间，是一位少女的闺房。门没有锁，你溜了进去。你觉得什么东西会有少女失踪的线索？

A. 自画像
B. 日记本
C. 信件
D. 书

⑥. 派对现场突然漆黑一片，你觉得是发生了什么事？

A. 停电
B. 有人故意制造混乱
C. 派对主人的惊喜
D. 神秘搭档帮助我逃走

⑦. 派对现场恢复了供电，城堡主人拿着一封信走上舞台。这是一位俊美的少年，他说要宣布重要的事情，你觉得是什么？

A. 与心爱的人订婚
B. 薇薇亚失踪的真相
C. 派对致辞
D. 要将城堡卖掉

⑧. 失踪的薇薇亚终于现身，你觉得她会是谁？

A. 一直躲在角落的蒙面少女
B. 伪装成"黑执事"的少女
C. 被装在巨大的礼物盒里的少女
D. 失忆的我

④．服务生端来的酒水，你觉得什么最可能有毒？

A. 白开水

B. 红酒

C. 鸡尾酒

D. 果汁

⑤．走廊尽头的房间，是一位少女的闺房。门没有锁，你溜了进去。你觉得什么东西会有少女失踪的线索？

A. 自画像

B. 日记本

C. 信件

D. 书

⑥．派对现场突然漆黑一片，你觉得是发生了什么事？

A. 停电

B. 有人故意制造混乱

C. 派对主人的惊喜

D. 神秘搭档帮助我逃走

⑦．派对现场恢复了供电，城堡主人拿着一封信走上舞台。这是一位俊美的少年，他说要宣布重要的事情，你觉得是什么？

A. 与心爱的人订婚

B. 薇薇亚失踪的真相

C. 派对致辞

D. 要将城堡卖掉

⑧．失踪的薇薇亚终于现身，你觉得她会是谁？

A. 一直躲在角落的蒙面少女

B. 伪装成"黑执事"的少女

C. 被装在巨大的礼物盒里的少女

D. 失忆的我

《初夏星逆之歌》 漫画版

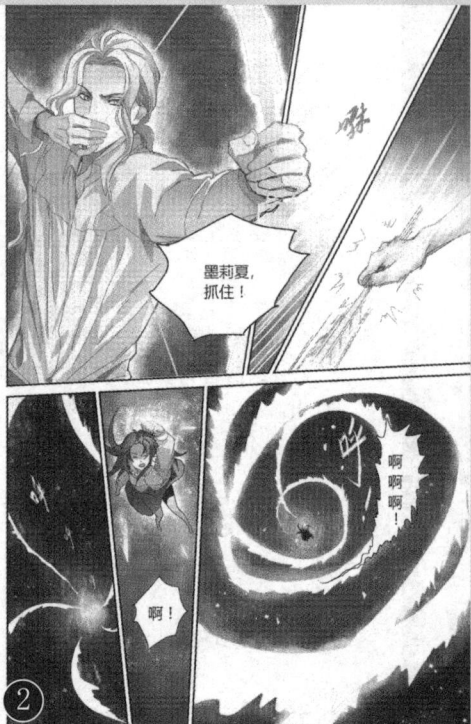

为什么我会突然往下掉？

完蛋了！

这是空间旋涡，墨莉夏！

掉进空间旋涡的人，会从奥林匹斯山坠落到人类世界！

①

墨莉夏，抓住！

啊啊啊！

啊！

②

③

?

这里是……

难道……我已经被时空旋涡带到了人类世界？

电视

④

……这，这到底是什么东西啊？

喂，莫俪夏，你这是在干什么？

为什么把吊针给拔了？

你……怎么会知道我的名字？

"吃货"巧乐吱跟编辑的日常

又名：如何从一个拖稿严重的家伙手中拿到"人间愿望司"系列全稿！

月黑风高的夜晚，编辑我拉好窗帘，藏在办公室的角落里，默默翻着自己的百宝柜。

> **小皮鞭？**
> 不好，《上古萌神在我家》的时候已经用过了。

> **抹茶慕斯？**
> "白痴吱"好像最近挺喜欢吃抹茶味的，如果拿出我心爱的抹茶慕斯，这家伙能给我"人间愿望司"系列的稿子吧？

> **舒芙蕾？**
> 好像《蜜炼甜心抱抱熊》的时候已经投喂过了。

编辑小心地拿出一点点，还没焐热乎呢，一个黑影就闻着味道过来了，说话间已经跳到了编辑身边："抹茶，抹茶！嗷呜！抹茶慕斯的味道！"

……

鼻子要不要这么灵啊？"白痴吱"你其实是属小狗的吧？

编辑仗着身高优势，一只手高高举起抹茶慕斯，一只手朝着面前就要流口水的人摊开："说好的'人间愿望司'呢？要知道，我可是在你最爱的那家蛋糕店专门定做的……"

"有有有，我已经写完大纲啦！第一部《彩虹里的夏洛特》都已经完稿啦！"

真的吗？这个家伙不会又是骗人的吧？

编辑狐疑地接过"白痴吱"的笔记本电脑，却发现上面一片空白！编辑愤怒地抬头，发现随手放在一边的抹茶慕斯已经被人吃进了嘴巴里，对方吃完大手一挥，跑掉了！

"哈哈哈，谢谢招待。我早就把文件发到编编邮箱啦，只是你太笨啦！我下次要吃抹茶曲奇！"

……

巧乐吱的编辑，卒。

在编辑疑似脑溢血的情况下，巧乐吱的"人间愿望司"系列终于出现！

《彩虹里的夏洛特》&《暖阳里的拉斐尔》

即 将 重 磅 出 击 ！

"人间愿望司"系列第一部 《彩虹里的夏洛特》

内容简介：

彩虹学院的校花是姐姐甄美好，彩虹学院的"笑话"是妹妹甄美丽。一切只因为，甄美丽是个不讨人喜欢的大胖子！怎么办？丑小鸭也要逆袭！而且老天还免费送来了一个"神队友"——自称发明家的夜流川！所以，体重有问题？没问题，有吸脂肪的夏洛特。学习有问题？没问题，有能报答案的答案机。至于心理问题……还有夜流川亲自上阵来搞定！

可是，等一下！为什么连喜欢的学长也中招，温柔的面具都给扒下来啦？更令人崩溃的是，居然还牵扯出了他跟姐姐的一系列纠葛，学长光辉的形象都轰然倒塌了！

不是我甄美丽的逆袭史吗？怎么变成"拆台史"啦？剧本是不是拿错了？

编辑： 除了完美姐姐甄美好，拒不承认我可能是其他人。

"白痴吱"： 哦，你美你说了算……

《暖阳里的拉斐尔》 "人间愿望司"系列第二部

内容简介：

打着"寻找恩人"主意的元气少女苏若暖，从踏进彩虹学院的那一秒就变成了麻烦吸引器！更倒霉的是，她随手打的一次差评竟招惹了超可怕的"黑脸魔王"柏圣琦。

长得好看了不起啊？会切换"人生模式"了不起啊？怎么还能把她变成专属试验品，每天都强行让她接受各种"意外惊喜"呢？走开啦大魔王！

不放弃的苏若暖一边跟柏圣琦斗智斗勇，一边继续她的寻人计划！但那个挽救她家庭幸福的恩人究竟是谁呢？是身为财阀继承人的病弱少年林晨，还是傻瓜王子夜流川？总不至于会是身边这个死死黏着她的柏圣琦吧？

救命啊！我苏若暖只是随手打了一次差评，怎么以后的人生都要跟这个冰山大魔王绑在一起啦？

编辑： 打差评怎么会有这么大的连锁反应？

"白痴吱"： 怪我吗？

当当当……

旋风挑战赛之
千面月神
来踢馆

来自非凡华丽家族的"千面月神"白小梦听说在遥远的爱丽丝学院有一个叫桔梗公寓的地方，那里面住着四位可以和茉莉学院传说中的三怪相媲美的人，而有一位名叫狄米拉的功夫少女，竟然搞定了那四个人当中最难搞定的处女座，被称为"旋风管家"……

"我白小梦第一个不服！"

于是白小梦驾临桔梗公寓，向旋风少女管家狄米拉发起挑战。

旋风挑战赛，现在开始！

主持人：先介绍两位选手。

白小梦

代表作：《非凡华丽家族之千面月神》
亲友团：白小梦领导的华丽家族和茉莉三怪。

狄米拉

代表作："星座公寓"系列《旋风白羊座管家》
亲友团：柏原熙领导的爱丽丝学院占星社和桔梗公寓四大美男。

> **主持人：**旋风挑战第一项，请两位说出自己曾经攻克的最大难关。。

白小梦：对千面魔女来说，世界上根本没有难关，我可以解决我遇到的每一个问题。（主持人：汗……）

狄米拉：世界上如果有比搞定一个处女座更大的难关，那一定是，和一个处女座住在一起。（主持人：你的痛，我懂！）

主持人：两位的回答大家都听清楚了。下面第二项，请列举出一个自己有但是对方没有的技能。

狄米拉：当然是功夫啦！（说完现场用腿连劈了三块木板，腿风差点扫平了主持人的泡泡头。）

白小梦：哼！这有什么，我华丽家族各个都身怀绝技，下面我为大家带来无道具表演变脸。（主持人：喂，110吗？这里有人会特异功能啊！）

主持人：嘯，现场为什么有一股臭豆腐的味道？

（华丽家族亲友团白小萌：糟糕，小梦让我变出花香的，我变错了！）

主持人：好吧，前两项大家不相上下……最后一项挑战，我把手中的飞盘扔上天空，谁能够凭自己的本事抢到，谁就是今天的旋风女神！

（"咻！"飞盘脱手。）

主持人：哇哇哇！现在战况激烈，我们看到，飞盘以一个十分刁钻的角度飞到了十米高的空中，在它的下方，小梦和米拉的战斗已经进入了白热化阶段，而亲友团的比拼也是热闹非凡，小梦的忠实拥护者风间澈已经展开了十米长的加油横幅，而另一边的柏原熙也不甘示弱，给对方拉拉队翻出了难度100分的"世纪白眼"，九米，八米，六米……飞盘离地面越来越近，现在一道白光出现了！哇！我们今天的旋风女神就是……

白小梦：什么鬼？太丢人了。我要回家。

狄米拉：这难道不是一个严肃的挑战节目吗？结果为什么会是这样？我也要回家！

主持人：那个……这个……好吧……结果，已经出来，让我们恭喜……飞盘最后的获得者……也就是今天的旋风女神……

史上第一萌犬——阿白白……

怪我吗？接飞盘不是狗狗的本能吗？

主持人：喂喂喂！大家都别走啊！广告还没打呢！

《非凡华丽家族之千面月神》和"星座公寓"之《旋风白羊座管家》是可乐近期的新书哦！大家走过路过不要错过！更多惊喜在书中等着你们！最后祝可乐新书大卖！

3月18日　　　雨，微风，有点冷

课间休息的时候，女生们讨论着转校生。虽然在我看来，这并不是什么了不起的事情，估计那些

女生漫画看多了，觉得转校生一定会与自己发生一些浪漫的事。

尽管我非常不想知道，但因为那些女生一整天都在讨论那个转校生，我还是被迫记住了他的名

字——夏树。

3月29日　　　晴，微风，暖暖的很舒服

教室前面那棵好大好老的樱花树开花了，阳光懒洋洋地从窗户照进来，晒在脸上很舒服。

下午第二节课是政治课，我最头疼的科目。

我用书撑着桌面，看着窗外的樱花，发现在花间粗粗的树干上，竟然有个人坐靠在上面。

那是个穿着白色校服衬衫的少年，修长的双腿，一条支在树干上，一条随意地垂着，樱花花瓣落

了一片在他脸上。

啊，那是夏树同学，我知道他，那个引起全校女生关注的转校生。

上课时间爬到树上睡觉，夏树同学还真是奇怪。

4月6日　　雨，大风，很潮湿

上地理课的时候，隔壁班教室传来一阵喧哗声。

是那个奇怪的转校生夏树又做了什么奇怪的事吧？

下课的时候，听班上女生说，那家伙竟然把流浪猫塞进衣服里，带到学校来上课，被老师发现了，就带着流浪猫跑掉了。

真是个奇怪的家伙，他不知道学校禁止带宠物来上课吗？

说起来，那家伙好像根本不害怕老师……

9月1日　　多云，微风，很热

新学期开学了，今天的夏树同学也在任性地活着呢。

说起来，一个暑假没见到那家伙，他似乎长高了一点。

开学第一天，他竟然带了一盆仙人掌来上课。

为什么是仙人掌？仙人掌有什么特别的意义吗？搞不懂。

12月28日　　阴，微风，很冷

今天的夏树同学也精神抖擞地发着疯……

2015年

9月1日　　晴，大风，很热

升上高中啦，夏树同学竟然和我上了同一所高中，并且还在我隔壁班级。

邻班的夏树同学，会不会初中时稍微收敛一点他奇怪的举动呢？毕竟是高中生了……咦，我为什么要关心这种问题？因为在学校里太过无聊，观察夏树同学的奇怪举动，已经成为我的日常生活了吗？呃，要是他变得正常了，我应该会有点小小的失落吧，毕竟那是唯一的乐趣了。

不过好在，今天的夏树同学，奇怪的举动还在继续。

《遇见你的小小幸运》希雅 著

那些不经意的遇见，从来不是什么偶然，他不过是恰好在那里看着我，而我恰好抬起头看到了他。
在那些目光交错的时光里，我在人群里寻觅着他，他同样在寻觅着我。
却因为年少脆弱的心脏，不敢向喜欢的人说一声"喜欢"。

HEART,
心若向阳不惧悲伤
SUNNY
"微语星芒"系列专访

年底聚餐，难得一见的作者们齐齐现身。
哇，这可是难得的八卦机会啊！编辑我迫不及待地凑到作者们那一桌，挖掘第一手的创作资料！
这不挖不知道，一挖还真挖到宝呢！

有幸被编辑逮到的是我们的**悲情小天后奈奈**和**暖萌小公主希雅**！

2015年，奈奈可勤奋了，一口气上市了《你的微笑，我的心药》、《致最美的盛夏》、《晴空2》等好几本故事精彩、装帧精美、叫好又叫座的畅销书。那么，在2016年，她又会有什么样的写作计划呢？

奈奈
NANA ZHU

┃奈奈： 关于写作计划嘛，前阵子一时架不住奈米们的热情，在微博答应了会写《晴空3》，虽然故事还没开始构思，但是既然答应了，我是会做到的啦！在这之前，大家可以先看《晴空2.5》，呃，不，《晴空·穹顶之上》……哈哈哈，写《晴空2》的时候，我就特别喜欢里面的大少爷徐珏，当时就想把他拿出来狠狠虐一把，果然，这个愿望终究被我自己实现了！此处是不是应有掌声？（编辑尴尬地拍了两下手：老大，求你了，虐得我们心肝脾肺肾都痛了，你还这么开心？）当然，2016也不会全部都写悲情文啦，前阵子无意中看了一部讲精神科医生的韩剧，又推荐给了希雅看。我们俩讨论剧情的时候，我突然爆发出一个灵感，那就是要不要来写个关于心理学的"烧脑"文？

微语星芒系列

希雅： 就是说啊，为什么不呢？奈奈一直在走悲情系，而我一直走暖萌系，这种"烧脑"系还都没尝试过呢！我们俩火花一碰撞，这前所未有的"烧脑"姐妹文——"微语星芒"系列就诞生啦！奈奈的叫《心若为城·寒星》。心若坚守的城，也为你割地称臣，是不是一听还是有点悲情风格呢？放心吧，这本绝对不是以悲情为主，而是以"烧脑"为主哦！我的则叫《心若向阳·微芒》。心若向阳，不惧悲伤，还是很温暖的书名吧？大家要不要期待一下，暖心的清新故事如何"烧脑"？哈哈哈，保证你们看完之后IQ提高50分！

（编辑欢呼：真的吗？那我一定要看！好期待，好期待！）

希雅 XIYA ZHU

《记忆中的暖夏》 《在日落的海边青春没有地平线》 《紫阳花开少年时》

"微语星芒"系列
《心若为城·寒星》 奈奈著 NANA ZHU

精彩简介：

十八岁的宋筱唯在毕业旅行时遭遇事故，醒来时，庆幸地发现，自己默然喜欢着的季长宁安然无恙。九月，他们一起坐火车去远方，开始新鲜又刺激的大学生活。

筱唯以为那个充满无限可能的城市将是她和长宁爱情萌芽的地方，但她在那里遇见了冷静如隼的路知秋，所有的一切都开始朝着不可预知的方向发展。

每个人的心上都有一座城，在葬送一切的时间里，城门可能只为一个人打开。可是，那就像阳光不曾照过的地方，有一条寒夜的星河，在那条河里，流淌的是无力、苍白、颓败和绝望……

"微语星芒"系列
《心若向阳·微芒》 希雅著 XIYA ZHU

精彩简介：

我们画地为牢，只敢活在自己的小世界里。

多想抬起头时，窗外还是蝉鸣唧唧，春花还在盛放，白云悠闲慵懒，我是十七岁的沉默少女，而我的白衬衣少年，他就在身旁。

这一场献给青春的祭礼，化解了所有胆怯、懦弱、悲伤。

这一段重拾懵懂的时光，让我们所有的不堪一击无处遁形。

但是没关系，只要你牵着我的手，黑夜里就会有星光，像太阳一样，释放灼眼的微芒。

MERRY 魅丽新萌立，
瞳哥小优来报到！

新年新气象，瞳哥小优来报到！
无论你是"玛丽苏"girl还是特立独行的"文艺范"！
魅力新萌主——小优与瞳哥，在我们的线上粉丝平台，等特别的你。
在我们的微博、微信、贴吧、QQ群，都会有小优与瞳哥神出鬼没的身影。
你可以和小优分享女孩子粉色的心事，也可以和瞳哥讨论一本有深度的小说，
还可以360°、24小时，组团调戏萌妹小优与假装
很cool的瞳哥，让他们打个滚、卖个萌……

瞳哥【cool档案】

姓名：瞳瞳
其他名称：瞳哥
性别：男生
年龄：没人知道
血型：O型
身高：180cm
外型：带上眼镜很"路人"，摘掉眼镜很顺眼
擅长的事：讲冷笑话，科普冷僻知识
死穴：字很幼稚，知识达人，但在女生方面很囧
大本营：瞳文社微信公众号、微博、QQ、贴吧

瞳文社贴吧二维码　　　　瞳文社微博二维码　　　　瞳文微信二维码

瞳哥说：

"文艺范"加小清新，"搞笑范"配高颜值，做个有态度的阅读者！
这里是代表爱与正义，为读者谋福利的——瞳哥！
加入瞳哥大本营，一起来维护世界和平吧！

小优【萌档案】

姓名：小优
其他名称：优酱
性别：女生
年龄：永远16岁
血型：O型
身高：和男神能组成最萌身高差的身高
爱慕的人：魅优作品里所有"高冷"型男主角
擅长的事：吃，花痴
性格：有一颗八卦之心，喜欢各种"小鲜肉"明星
口号：为读者谋福利！
领土：魅丽优品微信公众号、微博、QQ、兴趣部落

魅丽优品贴吧二维码　　魅丽优品微博二维码　　魅丽优品微信二维码

小优说：

想了解魅优新书第一手资讯？想围观编辑部日常？想和可爱的作者
来一次亲密接触？想投稿、发表自己的故事？统统都来找小优！
小优和你聊新书、聊八卦，节假日，小优还有各种抽奖福利哦！

NEWS——

魅丽优品QQ兴趣部落即将启动！
关注官方资讯，加入部落有大大的福利哦！

如果有悄悄话想写信告诉小优和瞳哥，请将信寄到这里——
湖南省长沙市开福区黄兴北路89号上城金都南栋2128 魅丽优品（收）
邮编：410001
电话：0731—84887200